I don't know
about you guys.
あなたたちのことなんて
知らない

ルシアン・ジラール
ジラール公爵家次期当主。精霊の祝福を受けているため、ニネットの精霊の愛し子としての本当の姿が見える。
ニネット・バシュロ
精霊の愛し子。母と旅をしていたところ精霊教会に捕まり、バシュロ侯爵家の養女にされた。愛人の子と思われて、義母と義妹に虐げられている。
主な登場人物

エマ
ニネットの母。
ポドワン・バシュロ
バシュロ侯爵家当主。王家のために、精霊の愛し子であるニネットを養女にする。
カミーユ
第三王子。ニネットの婚約者。ニネットがオデットを虐げていると思い込んでおり、冷たく振る舞う。
オデット・バシュロ
ニネットの義妹。ニネットを愛人の子だと思い、母親と一緒に虐げている。

Contents

1章　冷たい家……3
2章　新しい婚約者選び……26
3章　精霊の家……48
4章　オデットの悩み……75
5章　雨の日の記憶……93
6章　ルシアン……123
7章　再び学園へ……142
8章　不肖の息子……166
9章　止まらない不満……179
10章　悲しみの婚約式……191
11章　夜会の出来事……216
12章　出来事の裏側……239
13章　処罰の行方……253
14章　母様の望み……271

あなたたちの知らないことなんて

gacchi

イラスト
匈歌ハトリ

1章　冷たい家

　5歳でこの家に来た当初は、まだあきらめていなかったと思う。きっと元の生活に戻れる、誰かが助けてくれるんだって。

　だけど、12年たって、そんな甘いことは考えなくなった。この国に囚《とら》われたまま、何もできずにいる。

　精霊を使役《しえき》することで周りの国よりも栄えてきたブラウエル国。その国でも上位の貴族であるバシュロ侯爵家の食事室で義父と義母、そして義妹のオデットと朝食をとる。

　カタンと椅子を引く音がして、義父が席を立った。食べるのが早い義父は、いつも自分の食事が終わると執務室に行く。バシュロ侯爵として屋敷にいる間は執務室で仕事をし、週に4日は王宮に呼び出されて出かけている。国王の相談役らしいが、税の取り立てに関する仕事もしているらしい。忙しいからか、いつも少し顔色が悪く不機嫌そうな顔をしている。

「お父様って本当に仕事ばかりで飽《あ》きないのかしら」

「結婚する前からそうだったわ。つまらない人なのよ」

「本当ね！　少しは遊べばいいのに」

義父を馬鹿にするようにオデットが笑い、義母も同じ顔で笑う。金色の髪のオデットと薄茶色の髪の義母は、髪色が少し違うだけで青い目と顔立ちはそっくりだ。義父が金髪青目なのだから色は父親に似たのだろうけど、顔立ちはあまり義父には似なかったようだ。そのせいもあるのか、義父はオデットのことを可愛がっていない。一人娘なのに大事にしなくていいのだろうかと思うけれど、養女の私が言うことではないとわかっている。ふと、オデットと視線が合ってしまい、キッとにらまれる。

「何よ、ニネット。文句でもあるの？」

「いいえ、別に何もないわ」

「そうよね。お父様に何か言ったら、すぐに追い出すから。わかったわね？」

「……何も言う気はないわ」

「それならいいわ。あぁ、もうカミーユが迎えに来てしまうわ。急がないと」

目の前に置かれた食事を半分以上残したまま、オデットは出ていく。

「あなたもさっさと行きなさい」

「……はい」

もう少しで食べ終えるところだったのに、義母に注意されて仕方なく席を立つ。私室に戻り、学園に行く準備を終えて玄関に向かうと、ちょうど王家の馬車が着いたところだった。

王家の馬車から降りてくるのは第三王子カミーユ様。王族らしく金髪だが、剣技で鍛《きた》えた大きな身体に日に焼けた顔。私がいるのに気がつくと琥珀色《こはくいろ》の目を細くする。今日はいつも以上に不機嫌なようだ。カミーユ様は私の婚約者ではあるが、私を迎えに来たのではない。

「カミーユ、お待たせ！」

「おはよう、オデット。待っていないよ」

「そう？　早く行きましょう」

さっきまでの不機嫌そうな態度はどこに行ったのか、にこやかにオデットに挨拶《あいさつ》をして、2人はバシュロ侯爵家の馬車に乗って学園に向かう。

残された私は、カミーユ様が乗ってきた王家の馬車に1人で乗って学園へ向かうことになる。

カミーユ様が王家の馬車に乗ってバシュロ侯爵家まで来るのは、本来は婚約者である私と一緒に学園に向かうためだ。だが、学園に入る前からオデットと仲が良かったカミーユ様は、私と馬車に乗ることを拒否してオデットと一緒に乗っている。

私としては1人で馬車に乗るほうがずっといいので、文句を言うことはない。学園に着くまでの十数分はいつも窓の外を眺《なが》めている。どこまでも続くような煉瓦《れんが》造りの街並み。精霊のおかげでこの国は栄えているなんて言われているけれど、王都にいる精霊の数はそれほど多くない。

精霊はいても弱っているか、傷ついていて、そんな状態では大した力はない。それでも精霊が見えないこの国の人たちは、精霊の力さえあればずっと栄えたままでいられると思っている。

ため息をついたら、ちょうど学園に着いたところだった。御者《ぎょしゃ》の手を借りて馬車から降りると、なぜか先に行ったはずのカミーユ様とオデットが私を待っていた。

「おい、ニネット」

「……何か？」

「お前に大事な話がある。授業が終わったら学生会室へ来い」

「はぁ……わかりました」

今さら私に何の用があるのかはわからないが、ここは人目もある。授業が終わったあとで学生会室に行く約束をして2人の横を過ぎようとしたら、オデットがにやりと笑っているのが見えた。どうやらろくな要件ではなさそうだ。だが、約束してしまったからには行かないわけにはいかない。


授業が終わり、カミーユ様とオデットは教室から出ていく。もしかして学生会室にはオデットもいるのだろうか。面倒なことになりそうだと思いながら学生会室に向かう。

学園でカミーユ様に呼び出されるのはこれが初めてではない。用件もいつものことだろう。

私のことは名ばかりの婚約者でかまわないから、関わらないでほしいと思っているのに、向こうから何かと関わってこられる。自分の考えが正しいと信じ切っているカミーユ様と話が通じたことはないので、またかと呼び出しにうんざりする。

学生会室のドアをノックすると、カミーユ様の側近エネスがドアを開けた。エネスも私のことが嫌いだから、必ずにらみつけてから礼をする。そんなに礼をしたくないならしなくてもいいのに。

そして、奥にはソファに座ったままのカミーユ様とオデット。私が来たのに気がつくと、私にも座るようにと命じた。

「ニネット、この間も言ったと思うが、聞いていなかったようだな」

「いいえ。きちんと話は聞いていました」

「では、どうして改善しようとしないんだ」

そう言われましても。改善しようにも、ないことは直せない。カミーユ様は大げさにため息をつくと話し始める。今日は長い話になりそうだ。

「またオデットをいじめたそうだな。昨日はオデットが大事にしていた本を取り上げた上に、ドレスにお茶をこぼした。そして、今朝《けさ》は食事を台無しにしたと聞いている。いったい何を考えているんだ」

カミーユ様の腕に寄りかかるようにしていたオデットがほくそ笑む。またありもしないことを言ってカミーユ様に説教させようとしているのか。いい加減、オデットの嘘《うそ》だと気がついてほしいけれど、単純なカミーユ様が気がつくわけがないか。

「身に覚えがありません」

「ふざけているのか！」

ふざけようにも、初めて聞いた話にどう反応しろというのか。毎回否定しているのに、私の話は聞いてくれそうにない。少しでも私の話を聞く気があれば、矛盾《むじゅん》に気がついただろうに。

「もうあと1年もしたら俺と結婚するんだぞ。王子妃になるのに、そのような性悪《しょうわる》でどうするんだ。少しは反省しないのか？」

「反省するような心当たりがございませんので」

「はぁぁぁ」

私が素直に謝れば、カミーユ様とオデットは気が済むのだとわかっている。だけど、してもいないことで謝るのは嫌だ。そもそも、私の言うことは信じずにオデットのことばかりを気にする婚約者と、これから仲良くしたいだなんて思うわけがない。結果的に反抗的になってしまうのは仕方ないと思う。

「本当に……可愛げがない。ただでさえ地味な外見だというのに性格までこれでは。父上はどうしてニネットを婚約者にしたんだ」

「私を婚約者にした理由を聞いていないのですか?」

カミーユ様が聞いていないのは知っている。知っていたらこんなことは言い出さないだろうから。国王もちゃんと説明しておけばいいのに。

「どうせバシュロ侯爵家の支援が欲しかったのだろう。オデットは家を継ぐから王子妃にできなかったのはわかるが、愛人の子を王子妃にするなんて」

「……母は愛人などではありません」

「何を言っている。本当に愛されているのは自分の母親のほうだとでも言うつもりか? 愛人の子なら立場をわきまえたらどうなんだ。引き取ってくれた夫人とオデットに申し訳ないと思わないのか」

「申し訳ないと思いませんから」

思うわけがない。母様は侯爵の愛人などではなかった。バシュロ侯爵が私を引き取ったのは国王が命じたからだ。

それを全部言えたならすっきりするだろうけど、言うことはできない。国王が話していない以上、私から言うわけにはいかない。

「最後の警告だ。これ以上わがままを言い続けるのなら婚約は破棄《はき》する」

「どうぞ。お好きなように」

「俺は本気だぞ！　脅《おど》しだと思っているのだろう！」

目の前に差し出されたのは1枚の書類。どうやら婚約を解消するためのものらしい。

破棄と言ったのに解消の書類なのは、最後の情けのつもりなのだろうか。カミーユ様にとってこれは正義の行使であって、自分を誠実だと思っているからかもしれないけれど。

私にとってはどっちでもいい。この婚約がなくなるのであればうれしいとしか思えない。カミーユ様の正義感につきあわされるのは、もううんざりしている。

「本物の書類のようですね。ここに署名《しょめい》すればいいのですか？」

「はっ。できるものならな！」

カミーユ様とオデットは、私が署名するわけがないと思っている。婚約者の座にしがみつくために情けなく泣いて謝るとでも思ってこんな物を持ち出したのだろうけど、そんなことは絶対にしたくない。

さらさらと署名すると、カミーユ様は目を見開いて驚いている。すぐにカミーユ様に書類を返そうとしたのに、なぜか受け取ってくれないので近くにいたエネスに渡す。エネスもまた同じように驚いていたが、書類を受け取ってまじまじと確認する。

「……ニネット様。どうして署名したのですか！　これで本当に婚約は解消されてしまったの

ですよ?」

「ええ、署名したもの、当然よね。理解しているわよ?」

「後悔《こうかい》してないのですか!?」

「後悔? なぜ?」

エネスが言っていることがわからなくて首をかしげたら、カミーユ様がぽつりとつぶやいた。

「お前、俺の婚約者じゃなくなったら、もう権力は使えなくなるんだぞ?」

「そんな権力は使ったことないですけど」

「嘘を言うな。お前はオデットを虐《しいた》げていた。愛人の子なら申し訳なさそうにしているべきなのに。俺の、王族の婚約者だから何をしてもいいと思っていたからじゃないか」

「……私は一度もオデットに嫌がらせをしたことはありません。何度も否定したのに、カミーユ様が聞かなかっただけじゃないですか」

「……何を言って」

「もう婚約者ではなくなりましたし、こうして呼び出されることもないですよね。一応言っておきます。お世話になりました」

世話になった覚えなんて1つもないけれど、ぺこりと頭を下げて立ち上がる。カミーユ様も慌《あわ》てて立ち上がろうとしたが、オデットが腕に絡みついているから立ち上がれなかった。

「ま、まて」

「用事は終わりましたよね。では、さようなら」

もう関わりたくないという気持ちで微笑《ほほえ》みもせずに言ったら、何も言い返せないようだった。

学生会室のドアを開けて出ていく時、それでも腹が立って小声でつぶやいてしまう。

「まったく馬鹿みたい。私だって、こんなところにいたいわけじゃないのに」

屋敷に戻ったら、またオデットから何か言われるだろうか。学生会室から出てくる時、背後からオデットが楽しそうに笑っているのが聞こえていた。これでカミーユが解放されたのだからよかったわ、と。

解放されたのはお互い様だと思いながら、馬車へと向かった。


侯爵家の屋敷に戻り、私室で本を読んでいるとノックもなしにドアが開けられる。踊《おど》るようにして部屋に入ってきたのはオデットだった。カミーユ様と私が婚約を解消したから、喜んでいるのがわかる。

「やっとカミーユは解放されたわ！　ずっとニネットとの婚約なんて嫌がっていたもの」

「そう」

「明日から楽しみだわ！　あ、もう王家の馬車には乗らないでね？　ニネットは王族の婚約者じゃなくなったのだから」

「……」

「明日からは、私とカミーユが王家の馬車に乗って通うから。あ、婚約を解消されたのはニネットのせいなんだから、侯爵家の馬車は出さないわよ。学園まで歩いて通いなさいよね！　わかった⁉」

多分、そんなことにはならないと思ったけれど、答えたら面倒なことになるのはわかっている。返事をしなかったからオデットがかんしゃくを起こすかと思ったけど、私が婚約解消したのがよほどうれしかったのか、鼻歌まじりでどこかに行ってしまった。

カミーユ様とオデットが恋仲なのかは知らない。

だが、毎朝同じ馬車で学園に登校しているのは誰もが知っていることだ。どちらが婚約者なのかわからないと陰口を言われたことは何度もある。学園に通う令嬢たちからすれば、愛人の子である私よりも、本当の侯爵令嬢であるオデットのほうがカミーユ様にふさわしいと思っているのだろうから。私と婚約解消させたのはオデットがカミーユ様の婚約者になりたいからだと思ったが、このあと、2人が婚約しようがどうしようが私には興味がない。

最初の頃はカミーユ様に疑われるたびにきちんと答えていたけれど、カミーユ様はオデットの話しか聞かないので、途中からはもうどうでもよくなってしまった。カミーユ様の頭の中では答えが決まっているのだから。

愛人の子である私が悪い、泣いているオデットが可哀《かわい》そうだ、謝れば許してやろう、そればかりだ。

学園に入ってからは一層ひどくなって、最近では顔を見るのも嫌になっていた。

オデットが出ていくと、私室は静かになる。ここはオデットたちの部屋から離れていて、使用人たちもめったに来ない。私には専属侍女がいないが、そのほうが気が楽でいい。人が周りにいる時は使用人相手でも気が抜けないから。できる限り1人になりたい。

用がある時だけ使用人を呼ぶことになっているが、あまりない。着替えも入浴も1人でできるし、学園での生活で欲しいものがある時は執事に直接伝えている。

本当は食事も1人でしたいのだが、義母とオデットがそれを許さなかった。朝夕の食事は侯爵も一緒だからだ。家族4人で食事をとるのは、家族仲が良いということらしい。現に一緒に食事をしているというだけで、侯爵は何も問題がないと判断している。

義母とオデットは、私にしていることを侯爵に知られるのを恐れているため、私を排除するような行動を侯爵の前ではしない。私も面倒なことは避けたいので、何も話さないことにしていた。

夕食時、朝と同じように4人で席に着く。いつもなら誰も話さずに食事を終えるが、めずらしく侯爵が口を開いた。

「アデール、何か請求書が来ていたようだが」

「ああ、ニネットのドレスと装飾品ですわ」

「またか。先月も購入したばかりではなかったか？」

「あら。ニネットは第三王子の婚約者なのですよ。お茶会の誘いがひっきりなしに来て、これでも行かせる場所を選んでいるくらいです。王子妃になるのだから、お近づきになりたいと思う夫人や令嬢が多いのは仕方ないではありませんか」

「……そうか。ニネットに必要ならば仕方ない。支払っておこう」

請求書のドレスと装飾品が、私にとって必要なものだと判断したのか、義父は納得して出ていった。

少しして、沈黙を破ったのはオデットだった。

「お父様ってば、本当にニネットがお茶会に呼ばれると思っているのかしら」

「あの人は仕事ばかりで社交のことは何も知らないもの」

「それもそうね。まぁ、このまま気がつかなくていいけど」

私のための買い物なんてしていないけれど、これはいつものことだ。義母とオデットは自分の買い物をしても、私のものだと侯爵に伝えている。そしてオデットは、まだ買い足りないのか義母にねだり始める。

「ねぇ、お母様。またお茶会に誘われたの。新しいドレス作ってもいいでしょう？」

「また？　新しいのを作ったばかりじゃない」

「だって、同じドレスで行くのは嫌なのよ。大丈夫。お父様にはニネットのものだって言えばいいんだもの」

「あまり大きな買い物をするとバレるわよ」

「平気よ。ニネットは言わないものね？」

うふふとオデットが私に笑いかけたけれど、それは聞かなかったことにして席を立とうとした。が、義母は私を逃がさなかった。

「ニネットもドレスが欲しいかしら？」

「いえ、いらないです」

「そうよね。ニネットはお茶会に呼ばれないものね」

義母はにこにこと笑いながら嫌味を言う。これもいつものことだけど、今日は長かった。

「お茶会に呼ばれないのは誰のせいかしら」

「……さぁ」

「あら。わからないなんてお馬鹿さんなのね。ニネットが愛人の子だからに決まっているじゃない。お茶会に来られたらお茶がまずくなるもの」

「お母様、それだけじゃないわよ。ニネットったら、おしゃれに興味ないとか言い出すんだもの。令嬢として失格だわ」

「しょうがないわよ。平民の血が混ざってしまっているもの。ドレスなんて着てもごまかせないのよ」

「そうよね。うふふ。いい？　ニネットが着ても仕方ないから、私たちが代わりに着てあげているのよ。だって、もったいないじゃない」

「ニネットだって、そのくらいわかっているわよね？　あの人に言いつけるような真似《まね》したら、ただじゃ置かないわよ」

「ええ、言いません、お義母様」

最初からこんな風に従っていたわけではないし不満もある。義母の機嫌が悪い日は食事を途中で取り上げられたり、一晩中立たされていた時もあった。なぜこんな理不尽な目にあうのかと腹立たしいけれど、義母は私のことを愛人の子だと思っているのだから嫌われても当然だ。

少しだけ義母に同情する気持ちもあるし、素直に従うようにしてからはだいぶ対応が柔らかくなってきた。

義母とオデットは私の名前で買い物をしたことを黙っていれば機嫌が良くなるし、侯爵もそれが本当なのか確かめることはない。これ以上、２人の機嫌を損ねて自分を危険にさらすのは嫌だったから、何か起きても侯爵に言いつけることはしなかった。

いる。

だが、それがいけなかったのか、オデットは私には何を言っても、何をしてもいいと思って

婚約者だったカミーユ様にだけではなく、お茶会や学園で私の悪評を流し、自分は愛人の子にいじめられて居場所がないと嘆《なげ》いているらしい。

それを信じた令嬢たちに囲まれて嫌味を言われることも、カミーユ様に呼び出されて説教されることも本当にわずらわしくて、オデットに仕返しでもしようかと思ったけれど、人質になっている母様に何かあるかもと思うと、それはできなかった。

結果として、カミーユ様との婚約が解消になってほっとしている。あと1年でカミーユ様と形だけの夫婦にされるところだった。あんなオデットの話だけを信じて責めてくるような人と、形だけでも夫婦になってやっていけるとは思えなかったから。

いつ国王に呼び出されるんだろうか。どうしても婚約しなければいけないのなら、次はもう少し話し合いができる人がいい。

◆◇◆◇◆

次の日も王家の馬車が着いて、カミーユ様が降りてくる。それを見て、オデットがうれしそうにカミーユ様に駆け寄る。

「ねぇ、ニネットとの婚約は解消されたんだから、私たちが王家の馬車で通えるわよね？」

だが、カミーユ様は浮かない顔のまま。

「……それが、今まで通り、ニネットを王家の馬車に乗せるようにと言われて」

「はぁ？　どうしてなのよ！」

「わからないが、父上からそう言われたら従うしかない」

やっぱりそうだよね。カミーユ様との婚約が解消になったとしても、私は王家の馬車で通えと言われるだろうと思っていた。私に何かあれば損失だろうから。

私が国王から特別扱いをされているのは、カミーユ様の婚約者だからではない。ただ単に私をこの国にいさせるために、同い年のカミーユ様と婚約させていただけ。カミーユ様がダメになったら、他の誰かに代えるはず。

朝から無駄に騒いでいるオデットに、説明するわけにもいかずため息をつきそうになる。

「オデット、学園に行くからそこをどいて」

「ニネット、どういうことなのよ！　どうして王家の馬車が送り迎えするの！　もう婚約者じゃないのでしょう!?」

「私に言われてもわからないわ。陛下かお義父様に聞いてみたらいいんじゃないの？」

「ちょっと待ちなさいよ！」

馬車に乗り込んだあともオデットは何か叫んでいたようだけど、私に文句を言われても困る。文句を言いたいのなら、国王か父親のバシュロ侯爵にでも言ってほしい。


学園に着くと、いつもとは雰囲気が違った。早くも私とカミーユ様の婚約解消の話が広まりつつあるのか、私のほうを見て何か話している令嬢がいるのがわかる。

「ねぇ、本当なのかしら」

「きっとカミーユ様に捨てられたのでしょう？」

「カミーユ様はいつもオデット様と一緒にいるしね。オデット様と婚約をするのではないかしら」

「いい気味だわ。愛人の子のくせに、王族の婚約者だなんておかしかったのよ」

こちらに聞こえるように言っているのは、何かしら反応してほしいからだろう。だけど、そんなことは今さらだ。気にせずに教室へと向かった。

学園に入って2年目がもうすぐ終わる。卒業するまであと1年通わなくてはいけない。それまではカミーユ様やオデットと同じ教室で勉強しなければならないが、婚約解消したのだから、カミーユ様は関わってこないと思いたい。

授業が始まる間際《まぎわ》になって、カミーユ様とオデットが教室に入ってきた。機嫌が悪そうなオデットをカミーユ様がなだめている。もしかして馬車の件でまだ機嫌が悪い？

それとも、めずらしく喧嘩《けんか》でもしたのかな。せっかく婚約解消したのだから、もっと喜べばいいのに。

昼休みになって、隣に座っている令嬢が小声で聞いてきた。他の令嬢たちも興味津々《しんしん》で話を聞いているのがわかる。

「あの……カミーユ様との婚約が解消されたというのは嘘ですよね？」

「いえ、本当のことよ」

「え？　ですが、今朝も王家の馬車で登校していましたよね？」

「ええ、そうね。でも婚約は解消されたの」

「はぁ……？」

納得できないという顔だったけれど、私には説明できない。話しかけたそうにしている令嬢たちを無視して、中庭の奥のほうへと向かう。

昼食はいつも食べない。というか、食べられない。カフェテリアに払うお金を持っていないし、侯爵家で昼食を用意してもらうこともできない。義母が私にお金を渡してくれないし、料理人に昼食を作らせないからだ。

朝夕の食事は普通に食べているので死ぬことはないけれど、お腹《なか》がすいたまま午後の授業を受けるのは苦痛だ。

学園の中庭の奥へ行くと、小さな森がある。何もないので学生はあまり立ち寄らない。周りに人がいないことを確認して精霊にお願いすると、近くにあった木が成長し始めて赤い果実が実る。

それを摘《つま》んで食べると口の中に甘い汁《しる》が広がった。

「美味《おい》しい……みんなも食べる？」

その言葉を合図《あいず》に、力を貸してくれた精霊たちが果実に群《むら》がる。私が食べる分を残して、あとは精霊が食べ尽くして証拠を消してくれた。果実でお腹がいっぱいになったあとは、口元についた汁を手で拭《ぬぐ》ってまた校舎へと戻る。

機嫌よく教室に向かう途中で、カミーユ様とオデットが向こうから歩いてくるのが見えた。会いたくなかったなと思いつつカミーユ様に礼をすると、オデットはカミーユ様の腕にしがみついたままにらんでくる。カミーユ様は困ったような顔をして去っていった。

何か言われるかと思っていたのに、何も言われなかった。婚約者じゃなくなったからカミーユ様も説教する気にはならないらしい。

本当に婚約解消できたんだと思うとすっきりして、笑いがこみ上げてくる。自分で思っていたよりも、学園で絡まれるのにうんざりしていたみたい。

だが、いい気分でいられたのは1週間だけだった。

国王に呼ばれて王宮へと向かうことになった。私が王宮に呼ばれたことで、ドレスはオデットのものが用意される。今まで私のドレスだと言い訳して買い物をしていた義母が、それを知られないために、オデットにドレスを貸すように命じたらしい。

小柄な私と違って背の高いオデットのドレスを着るために、中に何枚も布を重ねてスカートを広げたせいでかなり重い。少し歩くのもおっくうだと思いながら準備を終えた。

私が王宮に呼ばれたことを聞いたオデットは、正式にカミーユ様との婚約解消を告げられるのだと思ったらしく、ご機嫌で話しかけてきた。

「これで王族の婚約者として威張《いば》れるのも終わりね！　そうしたらお父様だってニネットのことをどうでもよくなるんじゃないかしら。侯爵家から追い出されるかもね！」

「そうかもね」

「泣いて謝ってもいいのよ？　オデット様、許してくださいって。それなら使用人として雇《やと》ってあげるわ！」

「……」

「ほら、早く行ってきたら！　帰ってきたら使用人として働きなさいよ！」

私が愛人の子だと思っているから、オデットにこんなに嫌われるのだろうけど、そろそろなんとかしてもらってもいい気がしてきた。

2章　新しい婚約者選び

オデットに絡まれながら準備を終えて、王宮へと向かう。

馬車にはバシュロ侯爵と、侯爵の秘書も同乗していた。国王から私を連れて謁見《えっけん》するように言われたらしい。

「そのドレスは少し派手《はで》すぎなのではないか？」

「……そうですね」

私もそう思う。もう少し地味なドレスにしたくても、オデットのドレスに地味なものはなかった。これでもましなほうを選んできたのだけど、とため息をつきそうになる。

「急に謁見だとは……ニネットは心当たりがあるのか？」

「オデットから聞いていないのですか？」

「オデット？　オデットが何かしたのか？」

「……聞いていないのであればいいです」

オデットが説明していると思っていたのに、何も言っていないとは。

ここで説明して騒がれても困るので黙っておく。私が何も話さなければ秘書と仕事の話でもするだろう。

侯爵は私から聞きたそうだったが、私が窓の外を見ていたせいか、それ以上は話しかけられなかった。


近衛騎士《このえきし》に案内されて謁見室に入ると、国王と王妃の他に、カミーユ様と何人かの男性がいた。

私は想像通りだと思ったけれど、侯爵は違ったようだ。こんなにも人がいることに驚いている。

「ああ、来たか」

「陛下、急に何かあったのでしょうか？」

「バシュロ侯爵は娘から何も聞いていないのだな」

「ええ、聞いておりません。何があったのですか？」

ふぅぅと国王がわざとらしくため息をついた。どうやら機嫌が悪いらしい。

私との婚約解消はカミーユ様が勝手にしたことだと思っていたけど、よほどお怒りのようだ。

「1週間ほど前、カミーユとニネットの婚約が解消された」

「はぁ!?」

「原因はオデットだ」

「娘が何をしたというのですか!?」

婚約解消の原因がオデットだと、国王がわかっていたことに驚いた。もしかしてカミーユ様が報告したのかな。それとも側近のエネス？　おそらくエネスも何かしら処分されることになる。国王が許可していないのに勝手に書類を持ち出したってことだもの。

国王がこれまでのことを侯爵に説明するのかと思っていたら、私へと聞いてくる。

「ニネット、侯爵家での生活は快適だったか？」

「いえ。苦痛でした」

「そのようだな」

「ニネット！　どうしてだ！　お前のわがままを全部叶《かな》えていただろう⁉」

国王がわかっているのであれば、侯爵に答えてもいいはず。そろそろ侯爵家での生活も限界だったし、何とかしてもらわないと困る。

「わがままとはなんでしょう？　私はドレスや装飾品なんて買っていませんし、使用人にわがままを言ったこともありません。侍女はつかず、昼食も抜かれていました。実際に買っていたのは侯爵夫人とオデットです。黙っていたのは、侯爵夫人からの命令でした」

「はぁ？　……まさか、本当にそんなことが？」

呆然《ぼうぜん》としている侯爵に、国王が書類の束《たば》を渡す。どうやら報告書のようだが、読んだ侯爵は真っ赤な顔で震《ふる》え出した。

「な、なんということをしでかしたんだ……あいつらは」

「バシュロ侯爵の管理不足だな。それだけではない。オデットはニネットの悪評を広めていた。オデットのものを奪う、傷つける、使用人にわがままを言う、……カミーユの婚約者だと威張るなんてものもあったな。ニネット、身に覚えがあるか？」

「いいえ、ありません」

「そうだろうな。むしろ報告書を読む限り、虐げられていたのはニネットのほうだ」

「そんな！　ニネットが虐げられていたなんて嘘です！」

初めて知ったのか、少し離れた場所でカミーユ様が叫んだ。国王はそんなカミーユ様を冷たい目で見ると、吐き捨てるように言った。

「カミーユ、お前には失望した。ニネットとはうまくいっていると嘘をついていたな？」

「……嘘などでは」

「お前が仲良くしていたのは、ニネットではなくオデットだろう」

「それはオデットがいじめられていると言うので……」

「それを調べたのか？」

「……いえ」

私とカミーユ様が婚約解消してから国王が調べてわかったというなら、カミーユ様も調べれば、すぐに本当のことがわかっただろう。なのに、カミーユ様は調べもしなかった。

隣にいる王妃も黙っていられなくなったのか、カミーユ様に諭《さと》すように問いかけた。

「今回のことは私も庇《かば》えませんわ。カミーユ、陛下が決めた婚約を勝手に解消するなんてありえません。どうしてその前に私たちに相談しなかったのですか？」

「あれは！　本気で解消するつもりなんてなく！」

「本気ではなかった？　ニネットと結婚するつもりなら、どうしてオデットをそばに置いたのです！　結果として、オデットにも傷をつけたとわからないのですか！」

カミーユ様は側妃《そくひ》の子だが、側妃が出産で亡くなったために、幼い頃から王妃に育てられている。心優しい王妃が側妃の子を自分の子と分け隔《へだ》てなく育てたことで、カミーユ様はまっすぐに育ったと言われていたのに。今回のことで一番悲しんでいるのは王妃かもしれない。感情的になって涙をこぼしかけている。

それなのにカミーユ様は反省することもなく、これからのことを提案する。

「婚約者をオデットに変えるのではダメなのですか？　同じ侯爵家ですし。侯爵がニネットを気に入っているのなら、ニネットに侯爵家を継がせれば……」

「そんな簡単なことではないでしょう。正妻の子がいるというのに、婚外子に継がせるなんて……」

私の前で婚外子と言ってしまったことに気がついた王妃は、恥ずかしそうに黙り込んでしまう。国王と違って聡明《そうめい》だと言われる王妃でも、今回のことで動揺しているのかもしれない。普段ならそんな失敗はしないはずだ。

ただ、この一言でわかった。王妃は私のことを知らない。私は侯爵の愛人の子だと思わされているらしい。本当のことを知っているのは、国王と精霊教会とバシュロ侯爵だけ？　他にも協力者がいるのだろうか。

カミーユ様と王妃の会話が途切れたことで、国王が私へと視線を向ける。

私の機嫌を損ねたらまずいとでも思っているのか、にっこり笑ってから問いかけてくる。

「ニネット、カミーユと婚約をし直す気はあるか？」

「……断ってもいいのなら、断りたいです」

「そうか」

さすがにカミーユ様ともう一度婚約するのは避けたい。またオデットに何を言われるかわからないし、カミーユ様にその気があるとも思えない。

国王はわざとらしく大きなため息をついてから、カミーユ様と侯爵に命じた。

「カミーユとオデットには責任を取らせ、婚約を命じる。侯爵もそれでいいな？」

「に、ニネットはどうするのですか！」

「ニネットには新しい婚約者を用意する。ここにいる候補者から、好きな者を選ぶがいい」

やはりこの場にいるのは新しい婚約者だったか。勝手に決められると思っていたのに、選ばせてくれるとは。出番が来たと思ったのか、男性たちは私のほうに近づいてくる。

王宮に出入りしている令息たちなのか、見覚えがある気がする。

「第二王子のランゲルと、オスーフ侯爵家のカルロだ」

1人目は第二王子のランゲル様。金髪青目の王子様らしい外見。側妃の子のカミーユ様と違って、ランゲル様は王妃の子だ。同じく王妃から生まれた第一王子はすでに結婚している。

20歳を過ぎているのに婚約者もいないから候補にされたのだろうけど、異母弟のカミーユ様の尻拭《しりぬぐ》いなんて嫌だろうし、愛人の子だと思っている私との婚約なんて不服だろう。

「……ランゲルだ」

挨拶するのすら嫌そう。私との婚約が嫌なのを隠しもしない顔。そんなに嫌なら、そっちから断ってくれてもいいのに。どうして婚約者候補になったのかと思っていたら、王宮にいる精霊がその理由をこっそり教えてくれる。

〝この王子は、婚約したい令嬢の身分が低いから許されないんだって。ニネットと結婚するなら愛人にしてもいい、って国王が言ってた〟

なるほど。そういう理由でここにいるんだ。

身分が低くて王子妃にはできなくても、貴族令嬢であれば許可なく愛人にするわけにもいかない。これが平民相手なら、勝手に愛人にすることもできただろうけど。

恋人のそばにいるために私を利用したいってところか。

それでも愛想笑《あいそわら》いもせずに不貞腐《ふてくさ》れたままなのは、にっこり笑いかけて私が惚《ほ》れたら困るとでも思ってたりするのかな。

私としてもあまり国王の近くにいたくないから、王子妃になるのは避けたいけれど、私を利用したい国王としてはこの王子と結婚してほしいんだろうな。

もう1人は、侯爵令息カルロ様。黒髪黒目の中性的な顔立ちでにこにこと笑いかけてくる。二男だけど長男が病弱だから嫡子《ちゃくし》になっていたはず。

この人と結婚するなら、オスーフ侯爵家に嫁《とつ》げということ？　何かしら王家と関係がある貴族なのかもしれない。

「オスーフ侯爵家のカルロだ。ニネット嬢に会えてうれしいよ。俺と仲良くしてくれる？」

この人は私と結婚したがってそうに見えるけど、これってどうなの？

〝この人、女の子なら誰でも大好きなんだって〜。愛人との間に子どももいるよ。それも3人！〟

あーなるほど。そういう人か。私のことも大事にしてくれるかもしれないけど、愛人がたくさんいるのは揉《も》めそうだよね。

うーん。どうしよう。どちらも選びたくない。

「どうだ、誰を選ぶ？」

「……この2人から選ばなくてはいけないのですか？」

「ん？　気に入らないのか？　もう1人呼んだのだが、まだ来ていないな」

候補はもう1人か。私の相手になるような年齢で婚約していない令息なんて、どの人も同じようなものかもしれないけど。

期待しないで待っていたら、少しして謁見室の扉が開いた。

「……遅れました。もう決まりましたか？」

「いや、まだだ。ニネット、もう1人の候補。ジラール公爵家のルシアンだ」

この人が最後の候補者。

顔の横でゆったり結んだ金髪に紫目。整った顔立ちだけでなく品があって、外見だけなら王子のようだ。わざと遅れてきたのは、選ばれたくないってことだろうけど。

この国に公爵家は2つ。王妃の生家と、このジラール公爵家。ジラール公爵家の令息って、令嬢たちがよく騒いでた。夜会に出ても誰とも踊らないことで有名な人？　女嫌いなんじゃないかって噂《うわさ》だった。

私と目が合ったと思ったら、ルシアン様の動きが止まる。私をじっと見つめたまま、ぽつりとつぶやいた。

「……銀色だ」

「え？」

この人、私のことを見て銀色って言った。

〝この人は精霊が見えてるよ！　ニネットのこともちゃんと見えてるから！〟

嘘……精霊が見えているって、私の本当の姿が見えているって……。そんな人が存在するの？

銀色の髪に紫の目は、精霊の愛《いと》し子だとすぐにばれてしまうから、私は精霊教会の者から姿を偽《いつわ》る術をかけられている。

だから、周りからは茶髪緑目で平凡な顔立ちに見えている。

カミーユ様とオデットに地味な容姿だと馬鹿にされても、本当の姿ではないからまったく気にしていなかった。

まさかこんなところで、本当の姿が見える人に会うとは思ってもみなかった。

そこで気がついた。精霊が見えている人なら、私をないがしろにしないのでは？　この国は精霊の力で豊かになったにもかかわらず、精霊が見えない人ばかり。

国王だって精霊の力を必要とするくせに、精霊を敬《うやま》おうとしない。だから、私を傷つけたとしても、いざとなれば力ずくで抑えればいいと考えている。精霊が見えるルシアン様なら、不用意に私を傷つけないかもしれない。

「はじめまして、ルシアンだ。君の名は？」

「ニネットです」

挨拶をしている間も視線はそらさない。名前を聞かれただけだったけれど、気持ちは決まった。

3人がそろったからか、国王が落ち着かない様子で私に決めさせようとする。

「さぁ、どうする？　誰を選ぶ？」

「ルシアン様を選びます」

「……ルシアンか。ルシアンは女嫌いで有名でな」

たとえ女嫌いでも、他の2人よりましな気がする。国王はルシアン様を選んでほしくないようで、否定する言葉を続けようとした。

それを遮《さえぎ》るように、もう一度。国王の目を見てはっきりと言う。

「ルシアン様がいいです。ダメなら、婚約そのものを断りたいです」

「そうか……だが、ルシアンの意思もある。ルシアンはこの話を断るだろう？」

「いえ、この話を受けることにします」

「なにっ!?　そんなことは」

「まぁ、ルシアンが婚約してもいいなんて。よかったわね、ニネット。ルシアンが婚約したら令嬢たちが泣いて騒ぐかもしれないわ」

「あ、ああ、そうだな……」

国王は認めないと言いたかったのだろうが、王妃が無邪気に祝福してしまった。王妃が認めてしまった以上、何も言えないのか国王もうなずいた。

だけど、ルシアン様を狙《ねら》っていた令嬢たちが騒ぐって、あまりうれしくないな。私を傷つけることはなさそうだと思って選んだけど、もう少し考えてからにすればよかった。後悔し始めていたら、ルシアン様が私に近づいてくる。

「改めて、ルシアン・ジラールだ。よろしく」

「よろしくお願いします。ニネットです」

女嫌いというわりには積極的に交流しようとしてくれている？

穏やかに笑いかけてくれるルシアン様に、これなら女嫌いでも問題なさそうだとほっとする。

「ニネット嬢、今日からうちに来ないか？」

「え？」

「話は聞いている。元婚約者と義妹が婚約したのだろう？　義妹がいる侯爵家には戻りたくないんじゃないのか？」

「いや！　ニネットは連れて帰る！　結婚するまでは私の娘だ！　オデットが嫌なら、オデットを追い出すから！」

私がいなくなると困る侯爵が叫んだが、それは無視してルシアン様にお願いする。何を思ってそんな申し出をしてくれたのかはわからないが、バシュロ侯爵家にいたくない私にとっては好都合だ。

「お願いします。連れていってください」

「よし、行こうか」

「はい」

「それでは、失礼します。あとのことは書類を送ってください」

「待て！　ニネットは私が連れて帰る！　ニネット!!」

侯爵が私を捕まえようとしたけれど、ルシアン様が先に手を引いて助けてくれた。

そのまま、手をつないで謁見室から走って逃げる。重いドレスのはずが、羽が生えたように早く走れる。

後ろのほうから誰かが叫んでいるのが聞こえたけれど、それにはかまわずにルシアン様と馬車に向かった。

公爵家の馬車の前まで来て、なぜかルシアン様の動きが止まる。御者がドアを開けてくれたのに乗ろうとはしない。

それを見て、公爵家の護衛《ごえい》たちも不思議そうにしている。

「……あの?」

「あ、すまない。これから屋敷に戻るのだが、馬車の中で2人きりになってしまうのが嫌であれば、俺は御者席に乗ろうと思う」

真面目《まじめ》な顔で聞いてくるルシアン様に一瞬戸惑《とまど》ったが、馬車の中で男女が2人きりでいるのはふしだらだと言われるのを思い出した。でも、婚約している相手ならよかったはず。

婚約していないカミーユ様とオデットが一緒の馬車で通うくらいだから、最近では気にする人もいないのかと思っていたが、そうではなかったようだ。少なくとも、ルシアン様は私が嫌がるかもしれないと思って聞いてくれている。

「気にしません。それにルシアン様とは婚約するのですよね?」

「あ、ああ」

「では、問題ないと思います」

「そうか」

手を借りて馬車に乗ると、ルシアン様も向かい側に座る。公爵家の馬車は王家の馬車と同じくらい大きくて、座り心地《ごこち》はこちらのほうが良さそう。

　馬車が動き出したので窓の外を見ていたら、なぜか視線を感じる。

「……なにか？」

「ニネットはカミーユ王子と婚約していたんだよな？」

「ええ、つい最近まで」

「こんな風に2人きりで馬車に乗っていたのか？　いくら婚約していたとはいえ、もう少し警《けい》戒《かい》したほうがいいと思うぞ」

「いえ、カミーユ様と一緒の馬車に乗ったことはありません。というか、男性と2人で乗るのは初めてです」

　カミーユ様はオデットと馬車に乗っていたけれど、私とは一緒に乗るようなことはなかった。義父である侯爵とでさえ秘書が一緒だったし、考えてみたら男性と2人で乗るのは初めてだ。

「そうか……勘違いしてすまない」

「わわ、気にしないでください！」

　勘違いだとわかったからか、ルシアン様は頭を下げた。まさか公爵令息に頭を下げられると思わず、驚いてしまう。

　この人、本当に貴族なんだろうか。今まで会った貴族とはまったく違うことばかり。大丈夫だと何度も言うと、ようやく頭を上げてくれた。

「それにしても、今までこうして2人で乗ることがなかったというのに、どうしてなんだ？　初対面なのに俺を信用してくれたということか？」

「それは、まぁ。ルシアン様は精霊が見えていますよね。だったら、不用意に何かをすることはないと思いますが」

違いますか？　と聞けば、ようやく納得したようだ。

「そうか。精霊の祝福を受けているのがわかったから、俺との婚約を承諾《しょうだく》したのか」

「それもあります。どの候補も初対面でしたし、悩む時間もありませんでした。ルシアン様が精霊に気に入られているのなら、少しは信じてもいいのではと思いました」

「はぁ……そうだよな。初対面で婚約者を選ばせるなんて、本当に何を考えているのか」

「カミーユ様との婚約の時は、会いもせずに決まりました。だから、会って選ばせてもらえただけありがたいと思います」

貴族令嬢の婚約なんてそんなもの。当主同士の話し合いで決まるのがほとんど。とはいえ、会わずに決めるというのはさすがにめずらしいか。いくら政略結婚とはいえ、本人たちの仲が悪すぎたら意味がないから。

「今まで侯爵家では苦労してきたようだな。公爵家ではそんなことは起きないから安心してほしい」

「ありがとうございます」

もしかして、国王が作らせた報告書をルシアン様も読んだのかな。

オデットたちと暮らさなくて済むだけでもほっとするけど、この人が安心していいと言うなら大丈夫な気がした。

だって、私の周りにいる精霊がルシアン様を警戒していない。侯爵家やカミーユ様の前ではいつも苛立《いらだ》って私を守るようにしていたのに、精霊たちは休むようにしてあちこちで寝そべっている。こんなに気を抜いている精霊を見るのは久しぶりだ。


王宮から遠くないのか、それほど時間はかからずにジラール公爵家へと着いた。

手を借りて馬車から降りると、広大な敷地に大きな建物が3つ。門から入って右手と左手に同じような建物が2つ。

正面にある一番大きな建物が、ルシアン様が住む屋敷だと思われる。

「左は使用人棟《とう》、右は私兵棟だよ」

「私兵がいるのですか？」

「公爵家はこの国で一番大きな領地を治める家だ。そのため、私兵を持つことを許されている」

馬車につく護衛が多いと思ったら、公爵家の私兵だったらしい。聞けば、王宮の騎士たちと同じくらいの数の私兵を雇っているそうだ。それは王家と同じくらいの武力を所持していることになるが、筆頭公爵家だから許されるということなのか。

「正面にあるのが屋敷なんだが、うちでは表屋敷と呼んでいる」

「表？」

「ああ。客が来た時にもてなしたりするための屋敷。実際に生活するのはこっちだ」

手を引かれてついていくと、屋敷に入るのではなく裏側に出る。そのまま渡り廊下《ろうか》を奥へと歩いていくと、途中で止まる。通路に棚《たな》が置いてあり、大きな呼び鈴《りん》があった。

「この先は精霊の祝福を受けた者しか入れない。ニネット嬢もこちらで生活してほしいのだが……」

「なにか？」

「その偽装《ぎそう》は解除されてしまうと思うがいいか？」

精霊教会で精霊術をかけられてこの姿になっているが、それは私がしたくてしたわけじゃない。精霊が見えるルシアン様が相手なら、隠しても仕方ない。

それに、愛人の子として蔑《さげす》まれるのにも疲れていた。自分でも解除しようと思えばできるけれど、精霊教会から何か言われるかもしれないからそのままにしていた。でも、精霊に解除されてしまったのなら、仕方ないよね。

「この偽装は私がしたものではありません。解除されても平気です」

「そうなのか。では、向こう側に行こうか」

数歩歩くと、うにゅんとした膜《まく》を抜けて周りの空気が変わる。

渡り廊下を抜けた向こう側は、まるで違う世界に来たように見えた。

「……精霊がこんなにいる」

「みんな、ここに逃げてくるんだ」

今までこの国で、こんなにたくさんの精霊を見たことはなかった。

学園や王宮にいる精霊は、精霊術で酷使《こくし》されているせいで、弱っていたり消えかけていたりする。そういう精霊を見たら保護して、消えないように私の力をそっと渡していた。だけど、ここにいる精霊たちにはそんな必要はない。

色とりどりの光を放ちながら、楽しそうに飛び回って遊んでいる。

ふと、近くにいた精霊たちが私の髪を引っ張って遊び始めた。茶色だった髪があっという間に銀色に変わっていく。

「あぁ、やっぱり綺麗《きれい》だな。髪と目が元の色に戻ったよ。ニネットは精霊の愛し子なんだな」

「……ええ」

精霊の愛し子と呼ばれ、一瞬身構える。だけど、ルシアン様はそのことにはそれ以上触れず、屋敷のほうへと歩いていく。

「さぁ、ここが本邸と呼ばれるところだ。ここは余計《よけい》な者は入ってこられない。使用人も信用できる者しかいない」

「すごい……まるで森の中にいるみたい」

本邸はたくさんの木の中に埋もれているような屋敷だった。家のあちこちから木が生えている。そのせいなのか、中に入っても外と空気が同じように感じた。あちこちで精霊が好き勝手をして、床にも転がっている。

ルシアン様が戻ったのに気がついたのか、奥から使用人たちが出てくる。

「おかえりなさいませ、ルシアン様。もしかして、あのお話をお受けになったのですか？」

「ああ、その通りだ。今日からここに住むニネットだ。女主人として大事に扱ってほしい」

「ええ、もちろんです。ニネット様、使用人頭《しようにんがしら》のパトと申します」

「ニネットよ。よろしくね」

代表で挨拶をした高齢男性は使用人頭らしい。後ろに並んでいる使用人たちも頭を下げた。

さきほどルシアン様は、ここには精霊の祝福を受けた者しか入れないと言っていた。ということはここで働いている使用人たちもそうだということ。

「ニネットには侍女をつけてくれ」

「かしこまりました」

急に連れてこられたというのに、使用人たちから歓迎されているのを感じる。私に用意された部屋に絵や置物《おきもの》などはなく、落ち着いた感じで、広くて使いやすそうだった。

「今日からは好きに生活していいから」

「好きにとは？」

「ああ。本邸にいる間なら警戒する必要もない。外に庭や池もあるし、本邸内も好きに歩いてかまわない」

「本邸にいれば……学園は？」

「しばらくは休めばいいし、試験さえ受ければ普段は通わなくてもいいはずだ」

「いいのですか？」

「ああ。とりあえず落ち着くまでは行かなくていい」

本当に好きにしていいらしい。夕食まで休んでいるようにと言われ、部屋に残される。

侍女の手を借りて重いドレスを脱いだら疲れがどっと来て、ベッドに転がったらそのまま寝てしまった。ルシアン様の言葉通り、誰も無理に起こさなかったようで、次の日は起きたら昼近くになっていた。

3章　精霊の家

　私が起きたことを知らされたのか、昼食にはルシアン様が同席した。テーブルにはたくさんの料理が並んでいる。どれも美味しくて食べ進んでいると、ルシアン様がくすりと笑う。

「よく眠れたようでよかったよ」

「はい。昨日は思っていたよりも疲れていたみたいです」

「まぁ、あんな場所に引っ張ってこられたんじゃ疲れるよ。俺も昨日は疲れたから」

　そういえばルシアン様は遅れて来ていたのを思い出す。あれはどう考えても婚約者選びに興味がない感じだった。無理やり呼び出されたのかもしれない。

「ルシアン様はあまり王宮には行かないのですか？」

「用事がない限りは行かないかな。ジラール公爵家は父上が継いでいるんだが、普段は公爵領にいるんだ。俺は公爵代理としてたまに王宮に呼ばれることもあるけど、自分からは行かないな」

「そうなのですね」

　どうやら本邸にいるのはルシアン様と一部の使用人だけのようだ。ジラール公爵は公爵領にいて、ルシアン様のお母様は幼い頃に離縁しているので、ここにはいないそうだ。

「私はこれから何をすればいいのですか？」

「昨日も言ったけど、もう学園は学年末で長期休みになるだろう。無理に行く必要はないし、とりあえず今日は本邸の散歩でもしてみたら？」

「散歩ですか？」

「かなり広いからね。いい運動になると思うよ」

楽しそうに勧められたこともあって、食後は本邸の庭を散歩することにした。動きやすいワンピースで外に出ると、侍女のミリーがついてこようとする。私の専属になったミリーは何かと世話をしてくれるが、散歩は1人でしたいと断った。

本邸を出てすぐ、建物の裏側には畑が広がっていた。使用人が何人か作業しているのが見える。さきほど食べた昼食の野菜はここで育てているのだろうか。

立ち止まって眺めていたら、私に気がついた使用人が近づいてくる。

「何か御用ですか？」

「ううん、用があったわけじゃないの。ただ畑があるのがめずらしくって見ていたのよ」

「そうですよね。貴族のお屋敷のすぐ裏に畑があるなんて聞いたことないですよね」

「ええ、でもいいと思うわ。本邸の食事に使う野菜はここで育てているの？」

「そうです！　ここで育てている野菜はめずらしいものが多いのです。ご覧になりますか？」

「いいの？」

「ええ、靴が汚れてしまうかもしれませんが、ご自由にどうぞ」

「ありがとう！」

畑に入るなんて、どのくらいぶりだろう。ふかふかの土に足をとられないように奥に進むと、つやつやと光る野菜が実っている。精霊も野菜を育てるのを手伝っているのか、水を丸い玉にして運んできている。

そこではっと気がついた。作業をしている使用人たちは誰も精霊術を使っていない。それなのに精霊が力を貸している。

その光景は母様が薬草を探す時に精霊が手伝ってくれていたのを思い出させた。母様も精霊の祝福を受けていたのかもしれない。

ここにいる精霊は人と共存している。こんな風に精霊の力を借りて生きられるのなら、どんなにいいことだろうか。この国の王族や貴族は見えない精霊を道具のように使おうとするけれど、本来はこんな風にお互いに協力し合って生きていくものだと思うのに。

畑の奥の方まで歩いて野菜を見ると、説明されたように半分以上は見たことがないものだった。でも、そのどれもが新鮮で美味しそうに見える。

畑の奥まで行くと大きめの小屋がいくつも並んでいる。ここは何かを飼っている小屋だろうか。

近くにいた使用人に声をかけるとうれしそうに案内してくれた。

「ここは卵をとるためにリコ鳥を飼っているんです」

「リコ鳥？　聞いたことがないわ」

「私もここでしか見たことがありません。小窓から見えますよ」

小窓からのぞき込むと、私に気がついた黒い鳥がわらわらとこちらに集まってくる。餌《えさ》をくれると誤解させてしまったのかも。赤いくちばしが特徴的な鳥だけど、やっぱり見たことがない。

「この子たちが産んだ卵なのね。さっき、食べてしまったわ」

黒い親鳥の近くには灰色の幼鳥も寄り添っている。せっかく産んだ卵を奪ってしまった気がして落ち込んでいたら、使用人は大丈夫ですと説明してくれた。

「子どもが孵《かえ》る卵は色が違うんです。料理に使うのは温《あたた》めても子が孵らない卵なので心配いりませんよ」

「そうなのね。よかった」

産んだ時点で子が孵る卵かどうか見分けがつくらしい。子が孵る卵は黒っぽく、親鳥はそのまま温めに入るので無理にとることはしないそうだ。

見ればここにも精霊たちがいて、真っ白な卵だけ運んで集めている。リコ鳥も精霊が卵を運んでいても気にならないようで、のんびりと餌をつついている。

「柵《さく》の向こうには乳をしぼるヤギ牛もいますよ」

「ヤギ牛……？」

「見たらわかります」

言われるままに柵があるほうに歩いていくと、離れた場所に大きな山羊《やぎ》が寝そべっていた。いや、あれは山羊じゃない。大きさが違いすぎる。

「山羊じゃないわよね？」

「山羊に見えますけど、牛らしいんです。なので、ヤギ牛と呼んでいますが、本当の名前は知らないのですよ」

「そうなの。ここはめずらしい生き物がたくさんいるのね」

「そうですね。そのあたりのことはルシアン様に聞いていただけると」

「ええ、わかったわ」

どうやら使用人では勝手に話せないことらしい。この国でここだけ精霊がいることと、見たことがない生き物がいることは、何か関係するのだろうか。

説明してくれた使用人にお礼を言って、また散歩を続ける。

歩きながら池を眺めているとたまに魚が跳《は》ねる。そういえば、母様と住んでいた村の近くにこんな池があったのを思い出す。母様が薬草を採《と》りに行くのについていって、池の周りで遊んでいた。

表屋敷からは見えなかったけれど、本邸のほうが敷地は広いかもしれない。しかも、どんな力が使われているのかわからないが、本邸から向こう側は何も見えない。どこまでも広い空が広がって、精霊たちが飛び回っている。

池の周りしか歩いていないが木に囲まれていて、敷地の終わりがわからない。これ以上奥に行ったら迷子《まいご》になるかもしれないと思ったけれど、これほどまで精霊がいればそれもないかと思い直す。

少し歩くたびに精霊が話しかけてくる。

〝あれ、見たことない子がいる！〟

〝新しい精霊の愛し子！〟

〝王宮で会ったことあるよ！　ここに住むことになったの？〟

〝精霊の愛し子なら僕たちと遊んでくれる？〟

騒がしいけれど、歓迎してくれているのは間違いない。ゆっくり池の周りを一周するだけで

2時間は過ぎていて、本邸に戻ってきた時にはお茶の時間になっていた。

「散歩は楽しかったか？」

「はい。畑の野菜を見て、リコ鳥とヤギ牛というのも見てきました。野菜も動物も見たことがないものばかりで驚きました」

「そうだろうな。俺もここでしか見たことがない」

「あれはどこかから連れてきたのですか？」

「ああ、俺の叔父上《おじうえ》が連れてきたものだ」

「叔父様ですか？」

「……そのうちニネットにも紹介するよ。俺もあの鳥たちがどこから来たのかはわからないんだ。叔父上に会った時にでも聞いてみよう」

「はい」

ルシアン様でもわからないのなら、その方が来た時に聞くしかない。ルシアン様の叔父なら公爵の弟ということになるけれど、噂を聞いたことがないな。社交界に出ない私が知らなくても当然なのかもしれないけれど。そういえば、畑や動物たちの世話で気になっていたことがあった。

「ここにいる使用人たちは精霊術を使わないのですね」

「え？　ああ、精霊術か。使う理由がないからな」

「精霊たちが勝手に手伝ってくれるからですか？」

「勝手にではないよ。ここにいるのは精霊の祝福を受けた者たちばかりだから、精霊とある程度会話ができる。精霊に手伝ってもらいたいことがあればお願いして、ダメだったら自分たちでなんとかする。だから精霊術を使うことはないし、おそらく今まで一度も使ったことがないんじゃないかな」

「一度も使ったことがないのですか？」

公爵家の使用人ともなれば、貴族だった者たちも多いはずなのに、学園の授業ではどうしていたんだろう。

「ここにいる者たちはほとんどが本邸で生まれ育っている。学園に通った者もいるが、そういう時は精霊術を使ったふりをして精霊に動いてもらう。俺も学園の授業ではそうしてやり過ごしていた」

「まさか、ルシアン様も精霊術を使ったことがないのですか？」

「ないよ。俺が精霊の祝福を受けたのは4歳の時だった。普通はもっと遅いのだけど、俺の場合は一緒に遊んでいた精霊が祝福をくれたんだ」

「遊んでいた精霊が？」

「ああ。いつも追いかけっこをしていたんだけど、その時は精霊が木の上に行ってしまって。俺じゃそこまで行けないよって言ったら、精霊の祝福をくれたんだ。これで木の上まで来られるだろうって」

「ふふふ。精霊らしいですね」

まさか一緒に木登りしたいから祝福をくれたなんて。そうか。ここにいる人たちはみんなが精霊を仲間だと思っている。だから精霊術は使いたくないんだ。

「ニネットも精霊術を使ったことはないだろう」

「はい……授業もほとんど出ませんでした。個人で練習をすると言って、実際には何もしていません」

「だろうな。精霊術は無理やり精霊の力を絞《しぼ》り出して使うような術だ。だから精霊は弱って消えてしまうこともある。精霊の姿が見えて、声が聞こえる者は使うわけがない」

「……この国の精霊はどんどん弱って少なくなっていくのに、ここに逃げてきた精霊が元気なのは精霊術を使わないからですか？」

「それもあるけど、ここには生き物がたくさん住んでいる池や大きな木があるだろう。精霊たちはそういう場所を住処《すみか》にする。弱っている時は住処に戻って休むんだが、この国にはそういう場所が少ない。それに水も肥料もやらないような場所で精霊術だけで穀物を栽培しようとする。たとえ休む場所があったとしても、あれだけ酷使されたら回復することもできない」

「そうなのですね……」

この国に来てからすぐに王都に連れてこられ、地方の様子は見ていない。だが、ルシアン様の話によれば、地方もあまり変わりはないらしい。

「ああ、ジラール公爵領だけは別だから安心してくれ。あそこはここと同じように精霊と共存している。そのうちニネットも一緒に領地に行こう」

「……はい」

いつか一緒に。ただ領地に行く約束だけなのに、なぜかうれしい。

けれど、うれしいと思ったことが良いことなのか私にはわからなかった。


それから毎日、午後は散歩に行くことにした。何もしないでいると落ち着かないこともあるし、精霊と話すのは嫌いじゃない。ルシアン様たちは優しいけれど、1人になりたいというのもあった。

いつものように池を眺めながら歩いていると、飛び上がった魚に気を取られて転びそうになる。

なんとか踏みとどまったが、近くの草むらでガサリと音がした。誰かいるのかと思って見たら、草むらの中から私を見ているものと目が合う。

「……なに？」

「グアァ！」

ひょっこり顔を出したのは黄色いくちばしの生き物だった。

「え？　……鳥？」

私に見つかったことであきらめたのか、がさがさと草をかき分けるようにして出てくる。私のひざ上くらいの大きさの白い鳥だった。歩くたびにお尻をむちむちと振らなければいけないのか、動きが遅い。

見たことがない鳥だが、私を警戒しているらしい。少し離れた場所から威嚇《いかく》されているのがわかる。

「えっと、あなたには何もしないよ？　散歩していただけだから」

「グアァ！」

まるで、わかった、とでも言いたげに鳴くと、池のほうに歩いていく。泳ぐのかと思って見ていると、鳥は池のほとりから落ちた。

「え？」

グワワワと顔から突っ込んで、溺《おぼ》れてしまったのかと思ったけれど、少しして何事もなかったように泳ぎ出す。足が短いからか、池から飛んで降りるのに失敗したようだ。

それから何度かその鳥に会ったが、3匹いるらしい。見知らぬ私を警戒して出てこなかったようだが、何もしないとわかると気にせずにその辺に現れるようになった。

3匹の動きを見ていると、どうやら2匹がつがいで、最初に会った1匹が子どものようだ。2匹は私の腰くらいの大きさで、こんなに大きな鳥は見たことがない。池に降りるのが下手《へた》だったのも子どもだからなのか、残りの2匹は軽やかに飛んで池に降りる。

何度見ても顔から落ちて、溺れかける鳥が次第に可愛く思えてきて、近くにあった東屋《あずまや》で眺める。思ったよりも時間が過ぎていたようで、ルシアン様が探しに来てくれた。

「ここにいたのか。お茶の時間になっても戻ってこないから」

「ごめんなさい。鳥を見ていたら時間が過ぎていて」

「いいよ。それならここでお茶の用意をさせよう」

ルシアン様がパトに命じると、使用人たちが東屋でお茶の準備をしてくれる。こんな外でお茶が飲めるとは思っていなかったけれど、母様と薬草を採りに行った池の周りでご飯を食べたのを思い出した。

「何か楽しそうだな」

「……昔、こんな風に池の周りでご飯を食べたことがあったのを思い出したんです」

「そうか。この池は叔父上が作ったものなんだ。もともとあった池はもう少し小さかったのだけど、叔父上がここまで大きく作り替えたんだよ。どこなのかわからないが、思い出の場所に似せて作ったと言っていた」

「思い出の場所……ですか」

そういえば、母様もあの池を思い出の場所に似ていると言っていた。だから、休みのたびに池に行っていたのだと思うけど、似たような場所は結構多いのかもしれない。

「あの鳥も叔父上が連れてきたんだ」

「見たことがない鳥ですが、なんという鳥なのですか？」

「叔父上もわからないと言っていた。仕方ないから、うちではガーと呼んでいる」

「ガー？」

「うん。鳴き声からガー」

鳴き声はグアアに聞こえるけど、呼びやすいようにガーなのかもしれない。

「3匹ともガーと呼んでいるのですか？」

「そうだね。特に呼ぶこともないから問題ないけど、名前つけたい？」

あの1匹だけ気になるけど、鳥を連れてきたのがルシアン様の叔父なら勝手に名前をつけるわけにはいかない。

「じゃあ、あの2匹はつがいだと思うので、ガー父とガー母。子どものあの鳥はガーと呼ぶことにします」

「ああ、それでいいよ。あの1匹は去年生まれたはずだ」

小さいから子どもだと思ったのは間違ってなかったらしい。

「まだ小さいから子どもかもしれませんが、ガーが池に降りるのが下手すぎて気になってしまって」

「それでずっと見ていたのか。この池は少し水面まで高さがあるから降りるのが難しいんだろう。何か板でも置いて、降りやすいようにしようか」

「滑《すべ》り台みたいなものですか？」

「うん。パトに板を用意させて作ろう」

使用人に作らせるのだと思ってうなずいたら、次の日、用意された板を前に、ルシアン様が釘《くぎ》を打とうとしていた。

「……ルシアン様が作るんですか？」

「ああ。作るって言わなかった？」

「いえ、言っていました」

たしかに言っていたけれど、貴族が作るというのは、使用人に作らせることを言うのだと思っていた。まさか自分で作ると言っていたとは思わず、手際《てぎわ》よく釘を打つルシアン様に驚くしかない。

「ニネットも何か手伝いたい？」

「え？　やっていいのですか？」

「自分で作った板を使ってくれたらうれしいだろう？」

「はい！」

差し出された金《かな》づちを受け取って、おそるおそる釘を打つ。少し斜めになってしまったけれど、それもルシアン様が直してくれる。何度か修正してもらいながら、滑り台は完成した。

池のほとりに設置すると、ガーが興味津々に近づいてくる。

「ガー。これで池に降りると溺れないよ」

「グアア！」

またわかったと言わんばかりの返事をして、ぽてぽてとガーが滑り台に向かう。滑り台の上にガーが乗ると、重さでするすると滑って、池に降りていく。

「グア？」

いつもと違って顔から落ちないことが不思議そうだったが、これなら溺れないとわかったらしく、戻ってきては何度も滑り台を降りていく。

「気に入ったようだな」

「はい！　よかったです」

「じゃあ、俺たちは本邸に戻ろうか。もう日が暮れそうだ」

「あ、そうですね」

滑り台を作るのに時間がかかっていたのか、いつのまにか日が暮れかけていた。楽しそうなガーに手を振って本邸に戻ろうとしたら、よそ見をしていたせいで躓《つまず》いた。

「わっ」

隣を歩いていたルシアン様が受け止めてくれたおかげで、地面に顔から落ちないで済んだ。ガーのことは言えないかもしれない。

「おっと。また転ぶところだったな」

「え……いつ転びそうになったのを見ていたんですか？」

「ん？　何度か見かけたな。池を眺めながら歩いていて危ないと思っていた」

「転んではいません。転びそうになっただけです」

「そうか」

それでも危なっかしいと思うのか、ルシアン様は私の手をつないだまま離さない。一度転びかけてしまった手前、1人で大丈夫だとは言えずに、そのまま本邸へと戻る。

ジラール公爵家に来てから、穏やかに時間が過ぎていくことが心地よくて、ルシアン様との時間も楽しいと思えるようになっていた。

形だけの婚約になると思っていたのに、貴族らしくないルシアン様に反発することができず、本邸にいるのに慣れていく。気がつけば、もう1カ月が過ぎていた。

朝食を終えて私室に戻ろうとしたら、ルシアン様に声をかけられる。

「ニネット、ここに来て1カ月になるが、何か不便なことはないか？」

「特にないですけど……本当に学園に行かなくてもいいのでしょうか？」

学園に行かなくてほっとしていたけれど、1カ月も遊んで暮らしていると不安になってきた。そろそろ新しい学年の授業が始まる頃だ。ルシアン様の言葉に甘えて、貴族として何もしなくていいんだろうか。

「学園に何か用があるのか？」

「えっと、勉強したほうがいいですよね？」

用があるわけじゃないけど、勉強しないことは気になる。王子妃教育はつまらなかったけれど、学園で学ぶのは嫌いじゃなかった。

「なら、本邸にも図書室があるし、勉強ならパトが教えられるぞ」

「本当ですか？」

「ああ。俺も学園に入るまではパトに教えてもらっていた。学園で教わることなら余裕で教えられる」

また手を引かれてルシアン様に連れていかれる。この人は屋敷の中でも私が転ぶとでも思っているのか、すぐに手をつなぐ。ルシアン様が純粋に心配してくれているのがわかるので拒《こば》まないが、こんな風に気を使われたことはなくて、どうしていいのかわからなくて困る。

案内された図書室は円形で、渦《うず》が巻いているように本棚が並んでいた。本棚はずっと続いていて、奥に進むにつれて昔の本になっているそうだ。

「ここで好きな本を選んだら執務室に来るといい」

「執務室？」

「こっちだ」

執務室は入ってはいけないものだと思っていたが、ジラール公爵家ではそうではないらしい。ルシアン様に手を引かれて図書室の隣の部屋に入ると、その広さに口を開けたまま固まってしまう。遥《はる》か上にガラスの天井《てんじょう》。そして、ど真ん中に大きな木。天井を突き抜けて、木が生えている。

執務室なのに木が生えているのはどういうことかと思うが、部屋の隅のほうには応接セットや執務机が置いてある。

「ここ……どうなっているんですか」

「すごいだろう？　初代のジラール公爵が精霊の愛し子だったんだ。仕事をする時に精霊に邪魔されないように、執務室の中に精霊の遊び場を作ったと言われている」

「精霊に邪魔されないように……なるほど」

そう言われれば、勉強中はよく髪を引っ張られる。遊んでほしいからなのはわかるが、集中したい時は邪魔だと感じる時もある。

私についていた精霊たちも大きな木を見て、そちらに遊びに行ってしまった。

「俺とパトはここで仕事をしている。わからないことがあればいつでも聞いていい。ニネットの机もこの部屋に用意しよう」

「ありがとうございます……」

王宮では冷たそうにも見えたけれど、ルシアン様は優しい。どうして女嫌いだなんて言われているんだろう。

さっそく図書室から本を持ってきて、ソファに座って読み始める。わからないことがあれば、控えているパトに教えてもらう。その間もルシアン様が仕事をしているのが見えた。

ルシアン様の父、公爵は領地にいると聞いているが、公爵代理のルシアン様でもそんなに忙しいなんて。

それからは、図書室で本を探して執務室で読む。昼食のあとはルシアン様と庭を散歩してガーたちに餌《えさ》をあげる。お茶の時間に戻ってきたあとは、私は本を読んで、ルシアン様は残りの仕事を片づける。

気がつけば、朝起きてから夜眠るまでルシアン様と一緒にいるようになっていた。それでいいのかと思うけれど、あまりの居心地の良さに流されるままになっていた。


夜になって眠る前に、夜着《よぎ》にガウンを羽織《はお》ってテラスに出る。

テラスから見える庭に光が浮かび上がる。精霊たちが夜の暗闇を楽しむように飛び回っている。なんて綺麗な景色なんだろう。

こんなに楽しく暮らすのは初めてで、気持ちが落ち着かない。この国に入った日からジラール公爵家に来るまで、ずっと悲しんでいた。母様と離れ、1人で耐えていた。

こんな穏やかな気持ちで精霊を眺める日が来るなんて、思いもしなかった。

「そんな格好でどうしたんだ？」

「ルシアン様？　どうして？」

「テラスは俺の部屋にもつながってる。人の気配がしたから出てきたんだ」

ルシアン様は夜着ではなかった。まだ私室で仕事をしていたのかもしれない。

「何かあったのか？」

「いえ、落ち着かなかったんです。こんなに穏やかに暮らすのが初めてで、いいのかなって」

「不安なのか？」

不安、というのとは少し違う気がした。

「どうしてルシアン様はこんなによくしてくれるのですか？」

「それは……お祖母《ばあ》様が精霊の愛し子だったんだ」

「え？」

「この国は精霊の愛し子が見つかると王家が囲ってしまう。お祖母様は男爵家の生まれだったんだが、幼いうちに王族に引き取られ、王女として公爵家に嫁いできた」

「お祖母様が……」

「公爵家に嫁いだあとも、何かと呼び出されていたそうだ。お祖母様は嫌がっていたよ。この国のために精霊の力を使いたくないって。だけど、陛下の命令には逆らえないと言っていた」

「……」

私だけじゃないかもしれないとは思っていた。私を捕まえてから侯爵家の養女にするまでの判断が早かったから。精霊教会のやり方に慣れているんだと感じた。

この国はずっとそうやって精霊の愛し子を捕まえてきたのだろうか。

「精霊の愛し子って、何なのですか？」

「ニネットは知らなかったのか」

「誰も教えてくれませんでした。私が精霊の愛し子だということは隠されていましたし、調べてもわかりませんでした」

精霊に力を与えられることはわかる。だけど、だからといって、そこまで必要とされる理由がわからない。

「精霊の愛し子は精霊に力を与えられる唯一の存在だ」

「唯一ですか？」

「ああ、俺たちのように精霊の祝福を受けた者は、精霊と意思疎通ができるから力を貸してもらえることもあるが、それは一方的に助けてもらうだけの存在だ。だが、精霊の愛し子は違う。精霊に力を渡すことができるから、精霊は自由に力を使うことができる。だから、精霊の愛し子は精霊術の何十倍、何百倍の力を使うことができる」

「何十倍、何百倍も……」

「だが、陛下たちはそこまでは知らないはずだ。ただ精霊の愛し子は精霊術をうまく使いこなせる者だと思っている」

「……そんな気がします」

バシュロ侯爵からたまに聞かれたのは、精霊術が使えるようになったか、だった。おそらく国王が聞いてきたのだと思う。ずっと使えないことにしていたから、呼び出されることもほとんどなかったけれど、もし精霊の力を隠すことなく使っていたら、ルシアン様のお祖母様のように国王に使われていたかもしれない。

「ニネットが精霊の愛し子だとわかって、お祖母様のように囚われているのかもしれないと疑った。見せられた資料にもバシュロ侯爵家で虐げられていると書かれていたし。だから、ニネットを保護しなきゃいけないと思った」

「保護って」

「初めて会った時、ニネットが鳥かごに入っているように見えた。精霊も一緒に閉じ込められて、苦しそうだった」

「閉じ込められて……」

それは間違いじゃない。自由を奪われ、母様を人質にされ、いつまで私はここにいなきゃいけないんだろう。

「……ニネットは好きにしていい。まだ子どもなんだから」

「子どもって……もう17歳ですけど」

「俺から見たら子どもだよ」

「ルシアン様って何歳なんですか?」

あまりにも子ども扱いするから聞いてみたら、ルシアン様にくすりと笑われる。

「どうして笑ったのですか？」

「ようやく俺に興味が出てきたのかと思ってな」

「……」

ここにきて1カ月半にもなるのに、ルシアン様の年齢を知らなかった。それが気まずくて黙ったら、頭を撫《な》でられる。

「26歳だよ。ニネットより9歳年上だ。子ども扱いするのも仕方ないだろう？」

「それはそうですけど」

9歳も違うのか。それは子ども扱いされても仕方ないけれど、なんだか面白くない。

「今はまだ自由にしていていい。今まで子どもらしく生きる時間を奪われていただろう。俺との結婚を考えるのは、そのあとでいいよ」

「……はい」

結婚する気はあるんだ。それを聞いて、私のために自由にしていいと言われた気がした。

ここに来て、嫌だったことは1つもなかった。使用人頭のパトも、侍女としてついてくれたミリーも、他の使用人たちも優しかった。それもルシアン様がそうするように指示してくれたから。

「ルシアン様と婚約してよかったです。国王はできれば違う人と婚約してほしそうでしたね」

「ジラール公爵家に力を持たせたくないんだよ」

「精霊の力で何かすると？」

「ジラール公爵家がこれ以上の力を持ったら、立場が逆転するかもしれないと思っている。それに、王家はニネットの力を自分たちのものにしたいんだ。だが、今のジラール公爵家は王家の言いなりにはならない。ニネットも王家のために精霊の力を使いたくないだろう？」

「……いいのですか？」

「ニネット自身が望むなら精霊の力を使うことは止めない。だけど、この国のために精霊の力を使うことはしなくていい」

この国の貴族は精霊の力を使うのが当たり前だと思って育っている。なのに、ルシアン様はこの国のために使わなくていいと言った。私がここにいるのは精霊の愛し子だからなのに。ルシアン様は国王や精霊教会の者たちとは違う。また少し、ルシアン様を信じてもいいと思えた。


次の日、執務室でルシアン様に勉強を教えてもらっていると、チリリーンと大きなベルの音がした。

「呼び鈴だ。渡り廊下で誰かが呼んでいる」

少しして、確認しに行ったパトが戻ってきた。

「ルシアン様、来客のようです」

「先触《さきぶ》れもなく？」

「はい。バシュロ侯爵家のオデット様です」

「オデットが？　どうして」

もう縁は切れたと思ったのに、どうしてオデットがここまで。

「ニネット、会わなくてもいいよ。とりあえず先触れもなく会うことはしないと追い返してくれ」

「かしこまりました」

それが当然というように、パトはにっこり笑って部屋から出ていく。

「何をしに来たんだろう……」

「パトが用件は聞き出してくれるはずだ。ここで落ち着いてお茶でも飲んで待とう」

「……はい」

4章　オデットの悩み

もう日が暮れ始めているのに、まだ馬車は王宮から戻ってこない。気になって何度も確認してしまう。

「遅いわねぇ……何をしているのかしら。お父様とニネットはまだ戻ってこないの？」

「はい」

お父様とニネットが王宮に呼び出されたのは、カミーユとの婚約解消のことに違いない。

王族の婚約者だからと今まで偉そうにしていたけれど、これでもうなんの役にも立たない愛人の子に戻る。

さすがにお父様だってニネットを見捨てるに違いない。

私のドレスを貸すようにお母様に言われた時は腹が立ったけれど、ニネットがドレスを着るのもこれが最後だと思えば許してあげられた。

戻ってきたら、しばらくは私の侍女としてこき使ってやって、飽きたら下女にでもしてしまおう。役に立たなければ、さっさと追い出してしまってもいい。

お母様だって今までずっと耐えていた。愛人の子を育てるだなんて屈辱《くつじょく》を味わわされてきた。

これでようやく穏やかに暮らせるはず。

ニネットが戻ってくるのを心待ちにしていると、侍女がお父様の帰りを告げる。

やっと戻ってきた。玄関まで出迎えに行くと、そこにはお父様と秘書だけ。一緒に行ったはずのニネットがいない。もうすでに追い出してしまったのだろうか。追い出すのなら私がしたかったのに。

お父様の機嫌が悪そうなことに気がつかず、声をかけてしまった。

「おかえりなさい。お父様。ニネットはどうしたの？」

「……ニネットか」

「カミーユとの婚約は解消されたのでしょう？　ニネットはどこにいるの？　もしかして捨ててきてしまった？」

「……お前のせいだ！」

何が起きたのかわからなかった。気がついたら、私は床に転がっていた。

「お前が馬鹿なことをしたせいだ！」

「旦那《だんな》様、おやめください！」

「お前がいなければよかった！」

「暴力はいけません！　どうか落ち着いてください！」

……私、お父様に殴《なぐ》られた？　左頬《ひだりほお》が熱くて痛くて、目が開けにくい。どうして、殴られたの？

「……お父様？」

「お前はカミーユ王子の婚約者になった」

「え！」

うれしい！　やっとニネットから奪えたと喜んだのは一瞬だった。

「カミーユ王子は王位継承権をはく奪され、この家の婿《むこ》養子になることが決まった。これからは王子扱いをされないと思え。護衛も側近もいなくなった」

「……え？」

「お前たちが嘘をついてニネットを虐げていたせいだ。お前たちが買ったものはすべて回収して売るが、足りない分はグラッグ家に請求しよう」

しまった。どうしてなのか、ニネットの名を使って買い物していたのがバレている。……お父様が見たことがないほど怒っているのがわかって、ここから早く逃げなきゃと思うのに動けない。お母様の生家にまで請求するなんて、本気で怒っている。どうしよう。

「アデールは離縁して生家に戻す。お前は王命でカミーユ王子との婚約を命じられてしまった以上、ここに置いておくしかない。だが、俺はお前を許さない。お前のせいでニネットを失ってしまった……」

お母様を離縁するなんて、そんなこと簡単にはできないはずなのに、お父様は本気で言っているようだった。それにニネットを失ったというのは？　捨ててきたのではないの？

「あの……ニネットは」

「ニネットは新しい婚約者のところに行った。お前がいるせいでここには戻ってこない！」

それだけを言うと、お父様はどすどすと音を立てて、お母様の私室へと向かう。ニネットが戻ってこない？　新しい婚約者って何よ。私の侍女にする計画はどうなるの！

その後、お母様の私室から物が壊《こわ》れる音や、悲鳴が聞こえてきた。

「何をするの！　やめてちょうだい！」

「うるさい！　お前とは離縁する！　今すぐここを出ていけ！」

「急に何を言っているの⁉　そんなことお父様が許さな……」

「前侯爵には何も言わせない。現侯爵にもだ。お前と離縁することは陛下から許可をもらった」

「陛下の許可？　……どうして」

「お前がニネットを虐げていたのはわかっている。余計なことをしなければ家に置いておくくらいは許してやったというのに」

「嫌よ！　出ていかないわ！　あなたがニネットなんか引き取るのが悪いんじゃない！」

また大きな音と、すすり泣くような声が聞こえる。さっきよりも大きな音。

「これ以上殴られたくなければ今すぐ出ていけ」

「……うぅ……うっ」

お父様は本当にお母様と離縁する気なんだ。許してという声が何度も聞こえたけれど、お父様の怒りがおさまることはなかった。

お母様とお母様付きの侍女は、すぐに家から追い出された。生家のグラッグ侯爵家に連れていかれたらしい。

最後までお母様は嫌がっていたけれど、お父様に腕をつかまれ、馬車に押し込まれていた。

グラッグ侯爵家は伯父《おじ》様が継いでいるけれど、お母様とは仲が悪かった。お母様だけがお祖父《じい》様から可愛がられていたからだと聞いたことがあったが、お祖父様が助けてくれるのだろうか。

その後、私は物置に閉じ込められ、私室に戻された時にはドレスや装飾品はほとんどなくなっていた。机とベッド、使い古したドレスが1枚と、普段着るようなワンピースが3枚だけ。

物置から私を出してくれたお父様の秘書に、どういうことなのか問い詰める。

「どうして私のものがなくなっているの!?」

「昨日、旦那様に言われていたでしょう。買ったものは回収して売ると。それでも全然足りないですからね。今頃はグラッグ家に請求が行っているでしょう」

「ドレスが1枚しかないなんて、これからどうしろというの！」

「旦那様が夜会に出るための1枚だけあればいいと」

「お茶会だってあるのよ!?」

「お茶会ですか……もう呼ばれないと思いますよ？」

「え？」

「それでは、私も忙しいので。仕事に戻ります」

私の相手をする気がないのか、秘書は執務室へと戻っていく。私付きの侍女もいなくなり、がらんとした部屋で何もする気がなくなりベッドへと座る。

どうして私がこんな目にあわなきゃならないの。そもそもお父様が愛人の子なんて連れてこなかったら、こんなことにはならないのに。

ニネットはもういないのに、お父様はニネットだけを愛している。どうして私とお母様は見てもらえないの。

悲しんでも泣いても、誰も慰《なぐさ》めてはくれなかった。ようやくカミーユが会いに来てくれたのは、5日もたった頃だった。

「カミーユ！」

「オデット、その顔はどうしたんだ！」

お父様に殴られた頬は赤黒く腫《は》れていた。男性の力で思い切り殴られたのだから、簡単には治らない。

「……5日前、お父様に殴られたの」

「ニネットのことを知られたせいか」

「……それは悪いことしたかもしれないけど、お父様が悪いんだわ。愛人の子を連れてきて、お母様に育てさせるなんて」

「それはそうかもしれないけど、ニネットのせいにしてドレスを買ったのは嫌がらせなのか？」

カミーユも全部知っているんだ。だけど、悪いのは私じゃないもの。

「だって、お父様はニネットにならなんでも買ってあげるのに、私にはワンピース1枚買ってくれないのよ。私の買い物はお母様の生家に出させるようにって……」

「なんだ、それ……おかしいだろう」

「だから、私……悔《くや》しくて」

言っている間に涙がこぼれてきた。全部お父様が悪いのに、私とお母様のせいにされて、カミーユまで責めるようなことを言うなんて信じられない。悔しくて、ニネットが憎らしくて、涙が止まらない。

「……そんなに苦しんでいたなんて、ごめん。俺はわかっていなかったんだな」

「カミーユ……」

カミーユに抱き寄せられ、その胸に抱き着いた。婚約者になったなら、誰にも文句は言わせない。

カミーユも私の背に手を回し、しっかり抱きしめてくれた。

「お母様が生家に帰されたの……ニネットにひどいことしたって。たしかに勝手に買い物はしたけど、それだけよ。離縁するほどのことじゃないわ」

「夫人はグラッグ侯爵家に戻されたのか……」

「お母様、伯父様とはあまり仲がよくないのに、戻されるなんて。今はどうしているのかもわからないの」

「侯爵は何を考えているのか」

急に離縁して戻されるなんて、お母様は肩身が狭《せま》い思いをしているはず。一度結婚してしまえば、生家とはいえ養う義務はない。普通でも出戻りは嫌がられるはずなのに、仲が悪い伯父様のいる家に戻されたらどんな扱いをされているかわからない。なんとかしてお母様を助けてあげたいけれど、私は外出することすらままならない。

それもこれも全部ニネットのせいなのに、ニネットが帰ってこないから、怒りをぶつけることもできないなんて。

「ねぇ、ニネットが新しく婚約したって本当？」

「……ああ。王宮で父上が新しい婚約者候補を３人も呼んで、その中から１人選んだんだ」

「は？　陛下が３人も呼んで選ばせた？」

「ああ。俺が勝手に婚約解消したせいだ……。義母上にもかなり叱《しか》られたよ。陛下が決めた婚約を勝手に解消するなんて何を考えているのかと。バシュロ侯爵に詫《わ》びるためにもニネットを大事に扱わなくてはいけないのだと思う」

陛下だけでなく、王妃様までニネットのことを大事にするなんて。どうしていつもニネットだけ特別扱いなのよ……。私やお母様はこんなにもつらい思いをしているというのに。

「新しい婚約者はジラール公爵家のルシアンだ」

「ルシアン様!?」

「そうだ。あの女嫌いのルシアンが、婚約を承諾したんだ。俺も信じられなかった。どうしてニネットなんかと」

ルシアン様は夜会で遠くから見かけたことがある。夫人や令嬢に人気で私は近寄ることもできなかった。王家の３人の王子よりも美しい公爵令息。婚約者がいない令嬢たちがこぞって狙っているけれど、勇気を出して誘ってみても踊ってくれることはないらしい。

20代半ばになっても婚約者すら作らない孤高《ここう》の令息。そんな人がニネットの婚約者だなんてありえない。

「ニネットは平民の血が流れているのよ。なんの取り柄《え》もなく、精霊術を使えもしない。そんな人が公爵家の当主夫人になれるというの？」

「俺は無理だと思う。父上もルシアンに嫁がせるつもりはなかったみたいなんだ」

「じゃあ、どうして」

「3人も相手を用意したから十分に償《つぐな》いをしたと、そう思わせたかっただけなんだと思う。バシュロ侯爵がかなり怒っていたみたいだったし」

「お父様を黙らせるために何人も用意したと？」

「多分ね。バシュロ侯爵がいないと仕事が回らないと聞いたことがある」

陛下がそこまでしてくれても、お父様は怒っていた。ニネットがうちから出ていってしまったから。

「父上のことだから、ルシアンはニネットから選ばれても断ると思って呼んだんだと思う。だから、ルシアンが婚約すると言った時には父上が一番驚いていたよ」

「ルシアン様がニネットとの婚約を承諾するなんて……」

「俺も今でも信じられない。あの女嫌いのルシアンが、ニネットの何を気に入ったのか」

ニネットがジラール公爵家に嫁いで、私がバシュロ侯爵家を継ぐ……。ニネットがあのルシアン様と結婚するなんて。あんなに素敵だと思っていたカミーユが色あせて見える。

王家の色である金色の髪に、金にも見える琥珀色の目。体格もしっかりしていて、成績もそこそこいい。誰からも好かれる王子……だったはずなのに。

ルシアン様はカミーユとは比べものにならないくらい素敵だった。同じ金髪でも、なんていうか質が違うというか、ただ立っているだけでも気品があった。光をまとっているような、本物の王子様に見えた。

「カミーユと私がこの家を継ぐのでしょう？　……私たちが侯爵家なのに、ニネットが公爵家だなんて嫌だわ」

「俺だって嫌だよ。王族に残る予定だったのに侯爵家を継げだなんて。だけど、父上も義母上も機嫌が悪くて、王命を撤回《てっかい》してくれなさそうなんだ。しばらくしたら撤回してくれるかもしれないけど、今はおとなしく我慢《がまん》していたほうがいい」

「王命だなんて……どうして」

王命で出された婚約なら、簡単には撤回してもらえない。こんなことならカミーユに婚約解消なんてさせるんじゃなかった。ルシアン様に婚約する気があるなら、私が婚約すればよかった。

それに、この家にいるのも嫌になってしまった。

バシュロ侯爵家をしのぐ立場になれば、ニネットがいなくなれば、お父様は私のほうを見てくれると思ってた。なのに、お父様は私を殴った。どうあがいても愛情をもらえないのなら、私はこの家を出たい。

カミーユが帰ったあと、お父様の執務室をノックした。秘書がドアを開けて、私を見た瞬間に嫌な顔をする。

「どうかしましたか」

「お父様に話があるの」

「今は難しいです。また殴られたくなければ、もう少し落ち着いてからにしてください」

「……わかったわ」

なんとかならないかと思ってお父様にお願いしたかったけれど、また殴られるのは嫌だ。これ以上殴られたら顔の形が変わってしまいそうだし、痛みよりも何をされるかわからないほど憎まれているのが怖いと感じた。

学園を休んでいるうちに学年末の長期休暇になり、頬の腫れが引いて、新しい学年に変わった。久しぶりに学園に通う日、カミーユの婚約者になったのだから、私も王家の馬車に送り迎えしてもらえると思っていた。だが、お父様に言われていたように、カミーユは王位継承権をはく奪された上、侯爵家に婿入りするということで王子の扱いはされなかった。当然、王家から馬車は出ず、カミーユから王宮文官たちが使う馬車で通うことになったと手紙が来た。それならば迎えに来なくてもいいと返事をしたけれど、侯爵家の馬車の使用も禁じられ、使用人が使う馬車に乗せられる。これならまだ王宮文官の使う馬車のほうがよかったかもしれない。

激しく揺れる馬車の中で、制服のすそについたしわを引っ張って直そうとする。侍女がいなくなったことで、うまく髪を結えなかったし、手入れができなくなったため肌がかさついている。学園で他の貴族たちに会うというのに、こんな恥ずかしい姿で行かなくてはいけないなんて。

ニネットがいなくなってから、食事の量を減らされ、お茶の時間はなくなった。お父様は相変わらず顔を見せてくれないし、使用人も話し相手になってくれない。どうしてこんなつらい目にあわなくてはいけないの。最初からニネットがいなかったら、私とお母様はずっと幸せでいられたはずなのに。

学園の馬車着き場で待ち合わせたカミーユの顔を見て、思わず愚痴《ぐち》をこぼしてしまう。

「……どうしてニネットはあんなにも大事にされてたのに。私には何もしてくれないの？」

「ごめんな……何もするなと言われているんだ。俺がもう少し穏便《おんびん》に婚約を解消していればよかったんだ。父上と義母上に相談して侯爵の許可を得てからにすれば、こんなことにはならなかったんだ」

カミーユも側近のエネスを辞めさせられ、侍従もつけられない。護衛もなく学園に登校してきたカミーユはうなだれている。ニネットとの婚約解消以来、王宮での居場所がないらしい。

いつものように教室に入ると、一斉に目をそらされた。いつもならカミーユに挨拶する令息たちも、気まずそうに教室から出ていく。残っている令嬢たちは私たちを見ないようにして会話を続けた。

「……今のはなに？」

「俺たちに関わりたくないんだ。王宮でもずっとこんな感じだよ」

「ずっと⁉　カミーユがこんな目にあっていたの？」

「王子でなくなった俺には用はないってさ」

あきらめたようなカミーユに同情したのはこの時だけだった。

私も令嬢たちに無視され、誰も一緒に行動してくれない。仕方なくカミーユと行動すると学園の誰もが避けていく。

その状態が2週間も続くと、さすがに腹が立って、一番おとなしそうな令嬢を捕まえて、空き教室に連れていく。

「ねぇ、どうして皆は私を避けるの？」

「……え、あの……」

「怒らないから、理由を言ってちょうだい」

「……オデット様がニネット様に虐げられていたというのは嘘だと、嘘をついてまでニネット様からカミーユ様を奪ったと噂になってます」

「はぁ？」

「……それで、お怒りになった陛下と王妃様が、カミーユ様を勘当《かんどう》してバシュロ侯爵家に婿入りさせることにしたが、侯爵もオデット様を見捨てているから、いずれ没落するだろうって……」

「なんですって!!」

「わ、私が言ったんじゃないです。他の令嬢たちが話していたのを聞いたので」

「誰なのよ……」

名前を聞き出したが、同じ教室の令嬢だけでなく、他の学年の令嬢たちまでカフェテリアで話していたという。その中には同じ侯爵家の者もいて、とても止められそうにない。

これまでお茶会で仲良く話していた令嬢たちに手紙を送っても返ってこず、どこからも呼ばれなくなってしまった理由はこれだったのか。カミーユの婚約者になれば、みんなはもっと驚いてちやほやしてくれると思っていたのに。ニネットのせいで私とカミーユだけが孤立してしまった。

「すまない。俺にもどうにもできない」

カミーユに頭を下げられたけれど、そんなことをされても何も変わらない。こんなにも頼りない人だったなんて思わなかった。カミーユが王子としての力を使えないのであれば、一緒にいても意味がない。

こんなことならニネットからカミーユを奪うのではなかったと思ったけれど、いらなくなったのなら返せばいいことに気がついた。そうすれば私は新しい婚約者を作ることもできる。そう、ルシアン様のような素敵な。

「ねぇ、カミーユ。私、やっぱりあなたはニネットと婚約し直すべきだと思うの」

「何を言っているんだ？」

「カミーユを王子に戻してあげたいの。私があんな嘘を言ったから、カミーユがこんな目にあっているのだもの。ニネットにちゃんと謝って戻ってきてもらうわ」

「そんなことをしたら、オデットはどうなるんだ」

「わからないけど、まずはニネットに許してもらって、全部を元に戻して、それから考えようと思うの」

「そうか……まぁ、ニネットに謝るのは正しいか」

カミーユも今の状況よりは、地味で役に立たないニネットが婚約者でも、王子の立場に戻りたいのだろう。私の言葉を否定せずにうなずいた。

屋敷に帰ってすぐ、お父様の執務室に向かう。もう何度も断られているけれど、今日は話を聞いてくれる自信があった。

「オデット様、旦那様は会いたくないと」

「ニネットのことで話したいの」

「ニネット様の？」

「ええ。ニネットにこの家に戻ってきてもらうために、行動しようと思って。それをお父様に言いたかったの」

「……少々お待ちください」

ニネットのことだと言ったからか、秘書がお父様に確認しに行く。

「中にお入りください」

やっぱり。ニネットのことならお父様は私に会ってくれる。もうお父様への愛情なんて消えてしまった。だからこそ、にらみつけてくるお父様へ微笑んだ。

「ニネットの話とはどういうことだ」

「私、反省したの。悪かったって。ニネットに謝って、この家に戻ってきてもらおうと思って。カミーユ様との婚約もニネットに返すわ。そうしたら元通り、ニネットはこの家で暮らしてくれるでしょう？」

「ニネットを取り戻せるというのか？」

「何度でも謝って許してもらうわ。お父様だって、ニネットに戻ってきてもらいたいのでしょう？　ジラール公爵家に謝りに行ってこようと思うの」

「……わかった。許可しよう」

「ありがとう。絶対にニネットに戻ってきてもらうから」

ニネットがいるジラール公爵家を訪問するには、お父様の許可が必要だった。

私が御者に命じても、お父様の許可なく他家には向かってくれない。

ニネットがいなくなってから2カ月近くたって、私はニネットに会うためにジラール公爵家に向かった。

5章　雨の日の記憶

オデットがジラール公爵家を訪ねてきたと聞いて、何をしに来たのかと首をかしげる。とりあえず先触れもなかったので、ルシアン様はオデットを追い返すことを決めた。

それはそうだ。力のある侯爵家とはいえ、公爵家に先触れもなく、当主でもない令嬢のオデットが訪ねてくるというのはおかしい。これを許してしまったら、他の貴族家からも同じようにしていいと思われる。

すぐに戻ってくるかと思っていたが、伝えに行ったパトが戻ってこない。

「何か問題があったのでしょうか」

「何があったとしても、追い出せるよ。うちには私兵がいるから」

「ああ、そうでした」

ジラール公爵家には私兵がたくさんいる。王家の騎士団と同じくらいの規模だと聞いていたが、どうやら騎士団から追い出された者たちを主に雇っているらしい。

しばらくして、ようやくパトが戻ってきた。いつも穏やかに微笑んでいるパトが疲れた顔をしている。

「ただいま戻りました」

「何の用だった？」

「ニネット様に謝りたいとのことでした」

「は？」

オデットが私に謝りたい？　あのオデットがそんなことを言うとは思わなくて驚く。

「謝るというのは、どれのことだ？」

「ルシアン様が知っているほとんどのことですね。バシュロ侯爵夫人と一緒にニネット様の名で買い物をしていたこと、お茶会などでニネット様の悪評を広めたこと、カミーユ王子との仲を邪魔したことなどを言っていました」

「……本当にオデットが謝ったの？」

「いえ、ニネット様本人に謝りたいとのことで、謝罪の言葉は聞いておりません」

「……そうなんだ」

それを聞いて、本当にオデットらしいと思った。伝言であっても、使用人に対して謝るようなことは絶対にしないだろうから。

「バシュロ侯爵令嬢は帰ったんだな？」

「一応は帰ったのですが、また来ると」

「先触れをしろと言ったか？」

「はい。それは最初にお伝えしました」

「では、先触れなく来た場合は門の外で追い返していい」

「わかりました。そのように指示いたします」

その時はそれで終わったとほっとしたけれど、後日、バシュロ侯爵家の家紋《かもん》が入った封筒でお伺《うかが》いが来た。私に会いたいので訪ねていくと。正式に先触れがあったのなら、返事をしなければいけない。

「どうする？　いずれ、試験を受けに学園に行くことになる。どうせ会わなくてはいけないのなら、ここで会って話したほうがいい」

「そうですね……謝りたいというのは信じていませんが、これを断ってもまた来そうです。侯爵家の紋があるということは、オデットが勝手に来ているわけじゃないんですよね」

侯爵家の家紋入りということは、ここにオデットが来ることを侯爵は認めている。オデットだけで考えた行動でないのなら、何かしら思惑があるのだろう。

「そうだな。侯爵が後ろにいるのなら、断らないほうがいい。まだニネットは侯爵家に籍《せき》がある。下手に断り続けると陛下に呼び出されることになるだろう。そうなれば、侯爵家に帰るように命じられるかもしれない」

「それは……嫌です」

ここで過ごすのが快適すぎて、もう二度と侯爵家には行きたくない。

「わかりました。次にオデットが来たら会います」

「では、俺も一緒に会おう」

「ルシアン様も？」

「ああ。俺も一緒なら下手なことは言わないだろう。それに義妹とはいえ、敵のようなものだ。何かあったらすぐに守れる場所にいさせてくれ」

「ありがとうございます」

今までオデットに暴力をふるわれたことはない。だけど、これからもそうかはわからない。オデットは敵のようなもの。一度も会ったことがないルシアン様でさえそう思っているのなら間違いない。


オデットと会うと決めた日、時間通りに公爵家に着いたオデットを、表屋敷の応接室で2時間ほど待たせた。何を企《たくら》んでいるのかわからないため、オデットをイラつかせて本性《ほんしょう》を出させるのが目的だった。

「では、そろそろ行くか」

「はい……」

「どうかしたか？」

「いえ、ドレスが着慣れなくて。少し歩くのが大変で」

「ああ、歩きにくいか。俺の腕につかまって」

「はい」

差し出されたルシアン様の腕に手を添え、少し寄りかかるようにすると歩きやすくなる。

用意されたのは、オデットがお茶会に着ていくようなドレスだった。だが、布もレースも高級なのが見てわかるくらいの、オデットが買っていたものよりもずっといいドレスだ。これを見ただけでもオデットの機嫌が悪くなりそうだと思う。

久しぶりに本邸の外に出る。渡り廊下から表側に抜けると、世界が色あせて見える。精霊のいない世界。

「少し待って」

「え？」

ふわっとルシアン様の匂いがしたと思ったら、何かが身体を通り抜けた気がした。

「髪と目の色を戻しておいた。まだ精霊の愛し子だとは知られないほうがいい」

「あ、そうですね。謝罪どころではなくなりそうです」

精霊の力を借りて偽装してくれたらしい。髪を見ると茶色に戻っていた。

オデットに銀色の髪で会ったら、それだけで騒がれて会話にならないかもしれない。

ルシアン様に手を引かれ、表屋敷へと入る。

応接室のドアを開けると、疲れ切った顔のオデットが座っていた。私を見て駆け寄ろうとして私兵に止められる。

「離して！」

「公爵家内で急な行動はおやめください。危険行為とみなします」

「わかったわよ！　汚い手でさわらないで！」

「令嬢に何を言われようと、危険だと判断したら拘束《こうそく》いたしますので、ご理解ください」

「なによ！」

公爵令息のルシアン様もいるのに、急に近づこうとするなんて。誰だとしても、止められるに決まっている。

私と違って、生まれつき貴族として育ってきているはずなのに、どうしてオデットはこうも常識がないんだろう。

私兵にさわられたのが不服なのか、不貞腐れた顔のオデットにため息が出る。まったく。私に謝りに来たんじゃなかった？

私兵に手を離されたあと、こちらを見たオデットの動きが止まる。

視線は私ではなく、隣……。もしかしてルシアン様に見惚《みと》れている？

ルシアン様は令嬢に見つめられるのに慣れているのか、かまわずにソファへ座って足を組んだ。オデットを見ているようで、何も映《うつ》していないような冷たい目。そういえば、ルシアン様って女嫌いって言われているんだった。私や使用人には優しいからすっかり忘れていた。

とにかく早いところ話を終わらせてしまおう。私もルシアン様の隣に座り、立ったままのオデットに声をかける。

「オデットも座っていいわよ」

「え、ええ」

固まっていたオデットが力を抜いたように、ぽすんと音を立ててソファに座る。

「久しぶりね。何をしに来たの？」

「……あの、ルシアン様、オデットと申します」

「……オデット？」

「噂以上だわ、すごく素敵……」

ぼーっとルシアン様を見るオデットとの会話が進まない。

私の安全のためにルシアン様についてきてもらったけれど、このままじゃ会話にならない。

仕方なくルシアン様には外に出ていってもらうことにした。

「ルシアン様、このままだと話になりません。一度、外に出ていてもらえませんか？」

「そうだな。隣の部屋にいるよ。私兵は置いておく。何かあれば呼んでくれ」

「わかりました」

ルシアン様はオデットのほうを見もせず、私の頭を撫でてから部屋を出ていく。

「あ、ルシアン様……どこへ」

ずっと見惚れたままだったのか、ルシアン様の後ろ姿を名残惜《なごりお》しそうに見送ったままのオデットに、もう一度問いかける。

「それで、オデットは何をしにここに来たの？」

「あ、うん。……ニネットに謝ろうと思って」

「謝るって、何を？」

「私とお母様がずっと意地悪してたでしょう？　だって、お父様が愛人の子なんて連れてくるから、どうしても受け入れられなくて。その気持ちはわかるわよね？」

「そうね。まだ5歳のオデットに、愛人の子だから姉だと思えなんて、突然私を養女にした侯爵が悪いと思うわ」

「そうよね！」

私が同意したことでうれしそうなオデットだけど、そんなに喜ぶところだろうか。

「それにニネットだけ、お父様になんでも買ってもらってたでしょう？」

「それについては侯爵夫人が悪いわ。オデットは覚えていないかもしれないけれど、予算をこえる買い物をして、与えられたお金を使い切ってしまったとか。その後は持参金で買うようにと言われていたわ」

「はぁ？」

養女になった時、私は5歳だった。同じ5歳だったはずのオデットが気づいていないのは不思議だが、あの頃から都合の悪いことは聞かなかっただけなのかもしれない。

「私が侯爵家に来てすぐの頃よ。ドレスや装飾品を買いすぎて、夫人の予算の10倍を使ったとかなんとか。だから侯爵は、これ以上夫人とオデットの買い物にはお金を出さないって」

「嘘よ！」

「本当よ。そんなに何を買ったのかなって不思議だったから、よく覚えているの。家に帰ったら夫人に聞けばいいじゃない」

あれは私が養女になってすぐの頃だったが、夫人が請求書を隠していたのが見つかって大騒ぎになっていた。だから、侯爵が夫人に厳しかったのは、私が養女に来たこととはあまり関係ないと思った。

もともと浪費《ろうひ》家の夫人に手を焼いていたから、離縁することも覚悟で私を養女にしたのだろう。だから、わざわざ愛人の子だなんて嘘もついたんだと思った。

夫人の生家の侯爵家との関係もある。侯爵から離縁を言い出せなかったからだと思うが、できるのであれば離縁したかったに違いない。

そうでなければ、精霊の愛し子だとは言えなくても、国王から預かったと言えたはずだもの。その場合は、国王の隠し子だと誤解されたかもしれないけれど、国王もそのくらいの誤解は許容しただろうし。

「……お母様は生家に帰されたわよ」

「え？」

「離縁されたって言っているの！　全部ニネットのせいじゃない！」

どうやら今回は侯爵も我慢しなかったのか、離縁してしまったらしい。あれだけ買い物をしていたのが私の物じゃなく侯爵夫人とオデットの物だとわかったのなら、腹を立てるのも当然だろうけど。夫人に聞けなんて言って悪かったかもと思ったけれど、私のせいにされて同情するのは止めた。

「私のせいじゃないわ。嘘をついて買い物を続けたのは自分たちでしょう。私がそうしろと言ったわけじゃないわ」

「でも、ニネットがいたから！」

だいぶ興奮しているようだけど、オデットはここに何をしに来たのか忘れたのかもしれない。

「ねぇ、謝りに来たんじゃないの？」

「……そうよ、謝りに来たって言ってるでしょう」

「オデットは、まだ謝ってないわよ？」

「⁉」

謝りに来たとは言うけれど、まだ何も謝っていない。言い訳をしているだけ。私への挨拶もなく、ルシアン様に見惚れていたし、最後は私のせいだなんて責めていたくせに、本当に何をしに来たんだろう。

指摘すると、オデットは悔しそうに顔をゆがめながら、悪かったわとぽつりと言った。12年分の謝罪としてはあまりにも軽すぎるが、そんなことはもうどうでもよかった。

「そう。謝罪の言葉は聞いたわ」

「許してくれるのね」

「許す？」

「一緒に家に帰ってくれるんでしょう？」

何事もなかったかのように、ぱあっと笑顔になったオデットに呆《あき》れてしまう。まぁ、反省していないからこんな謝罪になるんだろうし、本気で謝る気がないのはわかる。

もう相手をするのに疲れてしまって、隠さずにため息をついた。

「謝罪を聞いたと言っただけで許すとは言ってないし、バシュロ侯爵家に戻ることは絶対にないわよ？」

「どうしてよ！　謝ったじゃない！」

「謝ったからといって、許すとは限らないわ」

「私を騙《だま》したの⁉」

「騙したって何よ。私はあなたに謝れと言ったわけでもないし、謝ったら許してあげるとも言っていない。オデットが勝手に謝りに来ただけじゃない。しかも、一言だけ。それで本気で許してもらえると思っているほうがおかしいわ」

「何よ！　こうなったのは全部ニネットのせいじゃない！　それなのに謝ってあげたのよ！許すべきでしょう！」

怒り出したオデットが立ち上がりそうだったから私兵に目をやると、うなずいてくれる。

「これ以上話しても無駄ね。帰ってくれる？」

「まだ終わってないわ！」

「謝罪に来たのでしょう？　一応は聞いたわ。用事は終わったから帰って」

立ち上がって私につかみかかろうとしたオデットの両腕をつかんで、私兵が応接室から連れ出してくれる。廊下に出されたあとも騒いでいたけれど、もういいかと思う。

オデットの声が遠ざかったら、ルシアン様が応接室に入ってくる。

「隣の部屋まで話は聞こえていた。大丈夫か？」

「ええ、特に問題はないですけど、どうしてオデットは私を侯爵家に連れ戻そうとしているんでしょう？」

「侯爵はニネットの力が欲しいんだろう。カミーユ王子と婚約していた間も、嫁ぐのではなく婿入りに変えられないか狙っていたはずだ」

「私に侯爵家を継がせようと？　血はつながっていないのに」

言ったあと、しまったと思った。養女になった理由は愛人の子だからとしていたのに。

だけど、ルシアン様はそのことに気がついていないのか、平気で返される。

「侯爵にとっては、領地が潤《うるお》えばそれでいいと思っているんだろう。もともと仕事熱心で真面目な方だ。実子よりも領民の生活を優先したのだと思う」

「そうですか。では、オデットは侯爵に命じられてこんなことを？」

「それはわからない。侯爵が命じたのなら厄介《やっかい》だな。少し調べてみるよ」

「お願いします」

もう二度とオデットに会わないのなら気にしなくていいけれど、まだ学園で会うことになる。その時にまた絡まれるのは嫌だ。

「とりあえず本邸に戻ろう。まだ試験まで時間がある。それまでには対策を考えておくよ」

「はい」

ルシアン様と手をつないで本邸へと戻る。渡り廊下を抜けて精霊に囲まれるとほっとする。帰ってきたことを喜ぶ精霊たちを相手にしながら歩く。

久しぶりにオデットに会ったせいか、精神的に疲れて身体がだるい。私室に戻ってソファに座ったら立ち上がれないほどだった。少し休めば疲れは取れるだろうと思っていたが、夜になって熱があるのに気がつく。この国に来て、初めての体調不良だった。

◆◇◆◇◆

…………もうすぐ夕方になるという時間、雨が降っていた。雨宿りする場所もなく、小さな街の中を歩いていく。初めて訪れた国で知り合いもいない。泊まる宿を探す予定だったが、なかなか見つからなかった。

母様が上着の中に入れてくれたけれど、それでも雨がしみ込んできて身体が冷たくなっていく。

「このままでは日も暮れてしまうし宿も探せないわね。仕方ないわ。雨がやむまで教会で休ませてもらいましょう」

「うん」

教会はどこでも一番目立つ場所にあるからすぐにわかる。大きな建物のドアをノックすると、中から教会の人が出てきた。やせ細った男性は顔色が悪かったが、私たちを見ると対応してくれた。

「どうかしましたか?」

「旅の途中なんです。この雨だし、宿屋を探すのも大変で。どこかで休ませてもらえませんか?雨さえしのげればいいのですが」

「……そうですね。わかりました。とりあえず中に入ってください」

雨のあたらない場所に入れて、ほっとした。まだ追い出されるかもしれないから安心はできないけど。

母様の上着から出て教会の中を見渡す。ここは神様ではなく、精霊を祀《まつ》っている?壁画《へきが》に描かれているのは精霊の光のようだけど、教会の中には精霊がいない。

どういうことなんだろうか。母様に聞こうとする前に、教会の奥のほうから大きな声がした。

「その髪の色は!」

「え？」

「精霊の愛し子か！　捕まえろ！」

太った男性のその言葉に、母様が私を抱えて外に逃げ出した。

「待て！　その娘を置いていけ！　おい、お前たち、追いかけるんだ！」

まだ雨は降り続いていたけれど、母様は足を止めずに山のほうへと走る。遠ざかっていく教会から、こちらに向かって人が走ってくるのが見えた。

「母様、降ろして！　自分で走るよ！」

教会の人たちから逃げなきゃいけないんだとわかり、母様に降ろしてもらって手をつないで走る。

森の中に逃げ込めばあきらめると思ったのに、追手《おって》はどんどん増えていく。

雨の中、もう暗くなり始めているのに、教会の人たちは私を追うのをやめない。あちこちから人の気配がして、灯《あか》りが見える。これ以上、人が増えたら捕まる。そう思ったら、母様は私の手を離した。

「ニナ、ここからは1人で逃げるのよ」

「母様!?」

「いい？　髪を隠して、できるだけ遠くに行きなさい！」

「母様は！」

「追手を足止めするわ。早く行って！」

どうしてかわからないけど、足が勝手に動いた。

母様を置いて逃げるなんていけないことなのに、背を向けて走り出す。あの人たちに捕まったらダメだ。それだけが頭にあった。

暗闇の中を必死で逃げて逃げて、力尽きるまで逃げたけれど、5歳だった私はそんなに遠くまでは走れない。

いつ雨が上がったのかもわからなかった。夜通し逃げていたけれど、朝日が昇る頃、隠れる場所もなくなり、ついに見つかってしまった。

「いたぞ！」

「捕まえるんだ！」

「精霊の愛し子だ！　絶対に怪我《けが》をさせるなよ！」

大人たちが先回りして私の進路をふさぐ。

もう逃げ場はなかった。両手をつかまれて、一緒に山を下りる。

あの教会に連れ戻されると、私を見て叫んだ太った男性が私の顔をつかむ。強すぎる香水の匂いに鼻が曲がりそうで、顔を背《そむ》けたいのに、男性はにやにやしながら私の目を見つめた。

「紫目。やはり……精霊の愛し子か」

「母様はどこなの？」

「お前はこれから王宮に上がるのだ」

「母様は！」

「うるさい、黙れ。お前が私たちに従わないのなら、母親を殺す」

「っ！」

「お前がおとなしくしている間は母親を生かしておこう」

人質という言葉は知らなかったけれど、私が何かすれば母様が危ないのはわかった。仕方なくおとなしく座り、母様に会わせてくれるようにお願いした。

それでも聞いてもらえず、母様には会えなかった。最初に私たちに対応したやせ細った男性も、私に謝っていたけれど逃がしてはくれなかった。太った男性に命じられたからと、私の髪と目の色を変えた。精霊の力を無理やり奪ったのか、術を使ったあとの精霊は力を失って消えてしまった。悲しかったけれど、母様から精霊のことを人に話してはいけないと言われている。やせ細った男性は悪いと思っているのか、私と話をしてくれた。

「どうして髪と目の色を変えるの？」

「……君は精霊の愛し子なんだ。目立つのはよくない。君の母様と同じ色にしたから許してくれ」

「母様にはいつ会えるの？」

「わからない。君がおとなしくしていれば、いつかは会えると思う」

「いつか……」

精霊の愛し子ってなんだろうか。どうして母様に会わせてくれないのかと文句を言いたかったけれど、やせ細った男性は太った男性に逆らえないようだった。大した理由もなく殴られているのを見て、顔色が悪かった理由がわかる。


それから馬車で1週間ほど揺られ、王都に着いた。すぐさま王宮に連れていかれ、まずは身《み》支度《じたく》を整えさせられた。

汚れていたのか何度も身体を洗われ、今まで見たこともないドレスに着替えさせられた。

連れていかれた先では、偉そうな金髪の男性が待っていた。一緒についてきていた、やせ細った男性が私の色を戻し、銀髪と紫目を確認される。

「ほう。久しぶりの精霊の愛し子か。どこの者だ？」

「精霊教会を訪れた旅人です」

「旅人？　では、平民なのか。王族にするわけにはいかないな」

「そうですね。どれだけ役に立つかわかりませんが、侯爵家あたりの養女にして、王族の誰かと婚約させておくのがいいでしょう。そうすれば後々で変更するのも簡単ですから」

「そうだな。バシュロ侯爵を呼べ。あいつなら養女にするだろう」

この時は会話が難しくてわからなかった。偉そうな男性がこの国の王様で、私が貴族の養女にされることになるとは。

話は終わったのか、また髪色を変えられた。精霊がいなくなるのが嫌で、消えそうな精霊に触れたら力を吸い取られる。すると、弱っていた精霊が元気になって飛んでいく。あぁ、これか。この力のせいで囚われたんだ。

幸い、私が精霊にふれたのは誰にも見られていなかった。母様の命がかかっているから命令には従うけれど、精霊の力を奪う精霊術を使うのはどうしても許せなかった。何を言われても、使えないことにしよう、そう心に決めた。太った男性とやせ細った男性とは別れ、違う男性に預けられた。

金髪青目で眼鏡《めがね》をかけている男性は、ポドワン・バシュロと名乗った。この国の貴族で、バシュロ侯爵家というところの当主だという。初めて会ったのに、侯爵は王様に命じられて私を娘にした。家に連れて帰られることになり、馬車の中で母様のことを聞いた。

「母様とはもう会えないの？」

「お前が役に立つようであれば、会わせる」

「役に……」

「名前は？」

「ニナ」

母様がつけてくれた名前。とっても気に入っている名前なのに、侯爵は名前を変えるように言ってきた。

「では、これよりはニネットと名乗るように」

「……ニネット？」

「貴族はそんな短い名前はつけない。いいな？　ニネット・バシュロだ。ニネットは私の愛人の娘だということにする。何を聞かれても本当のことは言わないように」

「……はい」

愛人とは何かわからなかったけれど、バシュロ侯爵家で夫人とオデットに罵倒《ばとう》されたことで、少しずつ理解していった。ここでは歓迎されていない。だけど、母様を殺されないためには我慢して暮らさなくてはいけないのだと。

早く母様と旅をする生活に戻りたいのに、会わせてもらえない。誰もいない部屋で泣いても、またつらい朝が待っているだけ。

◆◇◆◇◆

………誰かが私を呼んでいる。

「ニネット……苦しいのか？」

とても優しい声だけれど、その名前では呼ばないでほしい。

「私……ニネットじゃない」

「え？」

「ニネットじゃない……母様を返して……」

苦しい。悲しい。さみしい。どうして私や母様がこんな目にあわなきゃいけないの。

どれだけ泣いても誰も助けてくれない。

誰も……

「すまない……」

誰かが私の手を握っている。ひんやりと冷たい手が気持ちいい。

額《ひたい》にも手を置いた？　あぁ、気持ちいいな。このままずっとこうしていてくれたらいいのに。

目が覚めたら、ベッドの横にルシアン様がいた。私の手を握ったまま、ベッドにもたれるようにして椅子に座っている。もしかして、ルシアン様もここで寝ていたの？

「ルシアン様？」

「ああ、起きたのか？……まだ熱があるな」

「熱？」

ルシアン様が額に手をあててくれるのが気持ちいい。夢の中でもこんな気分だった気がする。

夢じゃなかったのかな。

「きっとここに来て気が緩《ゆる》んでたところに、あの女に会ったから嫌なことを思い出したんだろう」

「あぁ、オデットに会ったんでしたね」

そうだった。謝罪とは言えないような謝罪を受けたんだった。そして、なぜか侯爵家に戻ってこいって言われて。

それだけ侯爵家に戻りたくなかったんだろうか。熱を出すなんて生まれて初めてのことだ。

身体だけは丈夫だと思っていたのに。

「とりあえず、今はゆっくり休んだほうがいい。お腹はすいてるよな？　スープくらいは飲めるか？」

「はい」

「じゃあ、用意させよう」

私が起きるのを待っていたのか、ミリーが食事を運んできてくれる。それを受け取ったのはルシアン様で、スープをひとすくいして口元に運ばれる。これは食べさせてくれるつもりなのだろうけど、もう大人なのに恥ずかしい。

「ルシアン様、自分で食べます」

「だめだよ。具合が悪い時は少しでも無理をしないほうがいい。ほら、口を開けて」

「……はい」

心配そうに言われると、断ることができずに口を開けた。野菜を細かく刻んで煮込んだスープは柔らかくて、すぐに口の中から消える。

「美味しいです」

「そうか。食べられるのなら、全部食べたほうがいい。ほら」

ゆっくりだけど、次々と口元に運ばれ、スープがなくなっていく。全部食べ終えたら、また熱が上がったようで苦しくなってきた。

「ここにいるから安心していい。おやすみ」

「……はい」

いるから安心していいというのはどういうことだと思ったけれど、そこにルシアン様がいてくれると思ったら本当に安心できる気がした。ずっと1人でいるほうが気が楽だったはずなのに、1人でいるのは怖いと感じる。

何度か目を覚ましたけれど、そのたびにルシアン様が手を握っていてくれたり、すぐ近くにいるのがわかって、ほっとして目を閉じる。

精神的な疲れから出た熱は2日で下がったのに、私がベッドから出ていいと言われたのは1週間後だった。

ようやく自分の椅子に座って食事をとっていると、隣の席にいるルシアン様が思い出したように言う。

「バシュロ侯爵家に手紙を出しておいた。自分を虐げていたオデットに会ったせいでニネットは熱を出した、今後の訪問は断ると」

「ありがとうございます」

オデットのせいで熱を出したと伝えても、オデットなら反省せずに怒り出していそうな気がする。

会った時も納得してなさそうだった上に、無理やり帰してしまった。オデットのことだから、きっと何度でも会いに来るだろうと思っていたが、熱を出したことで会うのを断れそうだ。

出された食事を食べ切ると、ルシアン様が笑う。もしかして、食べている間ずっと見られていた？

「食欲は大丈夫そうだな」

「はい。……もう、そんなに心配してもらわなくても大丈夫ですよ？」

「そうか。無理はしないようにな」

私の熱が下がり切るまで、ルシアン様は四六時中私のそばにいた。寝る時だけではなく、移動はすべてルシアン様に抱きかかえられて、食事もルシアン様がつきっきりで世話をしてくれた。

今まで病気になったことがないから、一般的な病人の看病というものを知らないけれど、ここまでお世話されるものなのだろうかと思う。

だけど、ルシアン様だけじゃなく、心配してくれたのはパトやミリーも同じだったので、恥ずかしがる私のほうがおかしいのかもしれない。

少なくとも公爵家での看病はこういうものなのだと思うことにした。

すっかり元気になったあとも、ルシアン様は心配なのか、前以上に私と一緒に行動するようになった。熱を出す前だって、ほとんど一緒にいたようなものだが、同じ空間にいただけで一緒に行動しているわけではなかった。

仕事は大丈夫なのかと心配になったが、私が勉強をする同じ机で仕事をすることで解決したようだ。

心配していたオデットの訪問は、ルシアン様が侯爵家に出した手紙が効果的だったのか先触れも来なくなった。あのオデットが反省するなんて思いもしなかったから、少し意外だった。

これで安心して生活できると思っていたけれど、ルシアン様が国王に呼び出された。


「どうしてルシアン様が呼び出されるのですか？」

「おそらく、公爵家に来てからのニネットの生活がどんな感じか聞きたいのだろう。しばらく王宮に行っていないし、ニネットを無理やり連れて帰ってしまったから気になっているんだと思う」

「私は行かなくてもいいんですか？」

「いいよ。俺が言って話してくれれば済むことだ。下手に連れていって引き留められても困る。ニネットは本邸から出ないように、パトやミリーといてくれ。もし、表屋敷に訪問者がいても絶対に出ないように」

「わかりました。訪問者って、またオデットが来そうですか？」

「オデットもそうだが……ニネットに話しておこう。訪問してきそうなのは俺の母と妹だ」

「お母様というと、離縁したという？」

「ああ、そうだ」

「元公爵夫人が離縁したあとも訪問してくるのですか？」

この国は離縁するのが難しくないらしく、たまに再婚する話も聞く。他国では一度結婚したら離縁を認められないところもあるのに、そういう点では恵まれているのかもしれない。

ただ、離縁した家に顔を出すというのは、あまりいいことではないような気がする。息子であるルシアン様に会いに来るのを認められているということなのか。

「母は生家に戻ったあと、再婚している。妹というのは、母が再婚した先で産んだ娘だ」

再婚先で生まれた妹……ルシアン様にとっては異父妹ということになる。

「妹はレジーヌ・ゴダイル。母はゴダイル伯爵家に嫁いだんだ」

「その方たちがルシアン様に会いに来る可能性があると？」

「ニネットとの婚約を聞いたらしく、今までも何度か来ている。追い返していたのだが、俺が屋敷にいないとわかると騒ぐかもしれない。本邸にいれば2人は入ってこられない。だから、本邸からは出ないでくれ」

「わかりました。会わないほうがいいのですね？」

「ああ。会わないでいい」

他家と再婚した母と、再婚相手との間に生まれた妹。

どういう関係なのかは聞かなかったけれど、ルシアン様の深いため息でなんとなく想像できる。

何かしら問題があるのだろうから、言われた通り、私は本邸から出ないことにしよう。

ルシアン様が王宮に向かうのをパトとミリーと一緒に見送ると、パトは本邸につながる呼び鈴を片づけた。

「片づけちゃっていいの？」

「ええ。旦那様がいない時はこのほうが安心でしょう。表屋敷の者は本邸には入ってこられませんから。旦那様が戻ってくるまで、本でも読まれますか？」

「うん、そうする。読みかけの本があるから」

執務室で本を読み始めると、雨の匂いがしてきた。

ガラスの天井の上はおおわれた雨雲。ルシアン様が戻ってくる前に雨が降りそうだ。

ルシアン様が濡《ぬ》れなければいいなと思いながら、また本に視線を戻す。

少しして、雨の音がしてくる。雨の音がするのだから、その分騒がしくなるはずなのに、どうしてなのか静かに思える。まるで私１人がここに取り残されているような静けさだ。

ルシアン様がいない執務室が広く見える。ずっと一緒にいた人がいなくなると、こんなにも自分の存在が頼りなくなるのを初めて知った。

「ルシアン様、大丈夫かな。国王に無茶なこと言われてないかな」

あの時、ルシアン様を選んだのは精霊が見えていたからもあるけれど、国王に嫌がらせをしたかった気持ちもある。

この国のために力を使いたくない。国王の言いなりにはなりたくない。だから、第二王子を選ばなかった。

母様のことがあるからおとなしくしているけれど、それでも心から従う気にはなれない。

精霊が見えるのなら変な人ではないだろうと思って選んだルシアン様だけど、予想よりもずっと優しかった。貴族らしくないルシアン様となら、このまま結婚しても幸せに暮らせるかもしれない。

だけど、どうしても思ってしまう。母様を奪ったこの国で、私が幸せになるなんて裏切りなんじゃないかって。

ここに来て食事をしたり、本を読んだり、ルシアン様に頭を撫でられたり、そのたびに楽しい、うれしいって思う気持ちが、あとから心に重くのしかかる。

この国は、嫌い。

心から笑うことなんて、あってはいけないんだ。

6章　ルシアン

体調が戻ったばかりのニネットを置いて出かけるのは不安だったけれど、本邸にいる限りは大丈夫だろう。

パトに任せたし、表屋敷のほうに出ないようには言った。ニネットは約束を破るような子じゃない。あれだけ言い聞かせておけば、本邸で待っていてくれるはずだ。

自分を安心させるように言い聞かせて、王宮へと向かう。それほど距離があるわけではないので、すぐに着くのはわかっているが、このまま着かなければいいのにと思ってしまう。

この国の筆頭貴族家でありながら、ジラール公爵家は王家とは距離を置いている。

それは、精霊の愛し子だった祖母がこき使われていたからだけじゃない。王族が信用ならなかったのは当然として、ジラール公爵家にはもう1人の精霊の愛し子がいる。それを隠すために距離を置いていた。

ニネットとの婚約を承諾したのは、そのせいもある。ジラール公爵家が精霊の愛し子を隠していたから、ニネットは王家に捕まったのかもしれない。陛下が公爵家に精霊の愛し子がいることをわかっていたら、ニネットは探されずに済んだのかもしれないのに。そう思ったこともあって、罪滅ぼしのつもりだった。

いつかはこのことをニネットにも話して、謝罪しなければいけないとは思っている。だが、公爵家に来て穏やかに笑うようになったニネットを傷つけたくなくて、つい先延ばしにしてしまった。

今日、陛下と話す内容によっては、打ち明けなければならないか。気は重いが、ずっと隠し続けることはしたくない。

謁見室に入ると、待っていたのは陛下だけだった。王妃だけではなく、護衛騎士まで部屋から出されているのは、俺と内密に話したいことがあるようだ。

「ニネットは元気にしているのか？」

「実はバシュロ侯爵令嬢が公爵家に押しかけてきたせいで、熱を出して1週間ほど寝込みましたが、今は元気です」

「なんだと？　侯爵家のオデットが押しかけた？……それでニネットが寝込んだとは。やはり侯爵家に戻すのは無理か」

「今まで虐げられても我慢してきたのでしょう。やっと落ち着いて生活できると安心したところで、バシュロ侯爵令嬢の顔を見て思い出してしまったのが理由のようです。侯爵家に戻したら倒れてしまうかもしれません」

「……それはまずいな。わかった。今のまま公爵家に置いていい」

「はい」

あの令嬢が来たせいでニネットが熱を出した時は腹立たしかったが、侯爵家に戻せない理由になってくれたか。

陛下はニネットを侯爵家に戻したかったようだが、おそらく侯爵が陛下に泣きついたのだろう。ニネットを家に戻してくれと。

「そのニネットなのだが、精霊術が使えないらしい。学園で授業を受けても、一度も使えたことがないという報告が届いている。ジラール公爵家なら学園の教師より指導できるだろう。使えるようにしてくれ」

「ニネットに精霊術ですか……それは難しいですね」

「どうしてだ。精霊に詳《くわ》しい公爵家ならニネットをなんとかできるはずだ」

今日呼び出した本当の理由はこっちか。うまく周りを騙していたようだな。陛下も信じ切っているようだ。

精霊に愛されるニネットには精霊術なんて必要ない。したいことを願えば精霊はそれを叶えようとする。貴族たちが精霊を使役するために使う精霊術とは力も強さもまったく違うのだが、それを陛下に教えてやることはしない。この国にある精霊についての本に精霊の愛し子が書かれていないのは、歴代の精霊の愛し子が隠したほうがいいと判断したためだろうから。

いいことを思いついたと、わざと悲壮《ひそう》な顔をして陛下に嘘を伝えてみる。

「ニネットは精霊を拒んでいます。あの状態では精霊術を使えるようにはなりませんね」

「拒んでいる？　どういうことだ」

「ニネットは、精霊の愛し子ではないですか？」

「……どうしてそれを」

「俺は精霊が見えるんです」

「何だと？」

精霊の祝福があることは公表していなかった。だが、精霊の力に詳しい公爵家ならなんとかできると思って、ニネットの件を俺に命じようとしたのだと思う。それなら、逆手《さかて》に取ってみよう。

「祖母のおかげで公爵家には精霊がたくさんいました。その結果、幼い頃に精霊の祝福を受けたようです。といっても、見えるだけで、祖母のように精霊の力は使えないですが」

「見えるだけでも精霊の力には違いない。それで、ニネットが拒んでいるというのはどういうことだ？」

「そのままの意味です。精霊が近づくのを拒んでいるので、力が使えないんです。精霊の愛し子の願いを精霊は聞きますからね。拒んでいる間は精霊の力を使うことはできないでしょう」

「それはどうすれば治るんだ？」

どうしてもニネットに力を使わせたい陛下なら、話に乗ってくると思っていた。

「精霊を嫌うきっかけがなんだったのかを知りたいですね。今のニネットはまるで精霊を恨《うら》んでいるかのようです。何か大事なものを奪われたとか？　そんな感じに見えます」

「大事なものを奪われた、か。もしや家族のことか」

やはり無理やり侯爵家の養女にしたのか。ニネットはうっかり話してしまったのだろうけど、侯爵とは血がつながっていないと言っていた。

「ニネットを養女にする時、元の家族はどうしたのですか？　どこの貴族家の出身なんです？」

「ニネットは平民の旅人だった」

「平民の旅人？　まさか殺してしまったとか？」

「殺してはいない」

「殺してはいない？　では、どうしたのですか？」

「一緒にいた母親は、精霊教会が預かっている」

預かっている？　人質ということか。母様を返して。熱でうなされたニネットはそう言っていた。母親を人質にとられている限り、ニネットはこの国から逃げられない……。

「では、その母親をニネットに戻してやらないと、精霊嫌いは治らないでしょうね」

「母親に会わせれば、治るのか？」

「保証はできませんけど、ニネットは自分が精霊の愛し子だから、母親を奪われたと思っている。だから、精霊自体を拒むんです。その状況が改善されない限り、精霊への気持ちも変わらないでしょう」

「精霊の力を使わねば母親を返さないと脅したらどうだ？」

「無理ですね。ニネットは陛下も侯爵も信じていない。脅したところで、母親はもう殺されていると思っているでしょう。そんな状況でこれ以上脅すことに意味があると思いますか？」

「……ふむ」

またニネットを脅せばいいと考える陛下に吐き気がする。ジラール公爵家にニネットがいる間は、そんな真似はさせない。

「ジラール公爵家で婚約式を行う予定です。そこに母親を連れてきてください。少なくとも生きていることを見せないと、ニネットは何も信じようとはしないでしょう」

「わかった。教会に連絡しておこう。いいか、ルシアン。必ずニネットが精霊術を使えるようにするんだ」

「努力はいたしましょう」

できない約束はしないが、恭《うやうや》しくお辞儀《じぎ》をすると、陛下は満足そうにうなずいた。

謁見室から出て馬車に戻ろうとしたら、廊下に人影が見えた。体格はいいが騎士ではない……第三王子カミーユだった。どうやら俺を待ち伏せていたらしい。

ニネットの婚約者選びの時以来だが、めずらしく顔色が悪い。そういえば、陛下が決めた婚約を勝手に解消したことで、王位継承権をはく奪されたとか。

育ての親の王妃にも見捨てられ、王子扱いされないとなれば、王宮にいづらいだろうな。

あきらかにこちらを見ているのはわかっていたが、俺からは話しかけないことにして目の前を通り過ぎる。

何も言わないで通り過ぎたからか、慌てて追いかけてきた。

「ルシアン！　おい、ちょっと待て」

「俺に何か用か？」

「……ニネットに会わせてもらえなくなったとオデットが泣いている。会わせてやってくれ」

「断るよ」

「どうしてだ！」

そういえばカミーユ王子は、バシュロ侯爵令嬢と婚約したのだった。婚約者に泣きつかれて、俺に言いに来たのか。

　俺に見惚れていたことを思い出すと、本当にあんな令嬢と婚約して大丈夫なのかと言ってやりたいが、余計なことを言うのはやめた。今はニネットがいる本邸に早く戻りたい。

「ニネットはバシュロ侯爵令嬢に会って熱を出した。1週間も寝込んだんだ。もう会わせるわけがないだろう」

「ニネットが寝込んだ？　そうなのか……。だが、会わなければ仲違《なかたが》いしたままだ。オデットは謝りたい、仲良くしたいと言っている。ルシアンが間に入ってやればいいだろう」

「なぜ、そんなことを？」

「なぜって、仲直りしたほうがいいだろう」

「なぜ？」

　意味がわからない。何年も虐げていた者と仲良くなりたい被害者なんているんだろうか。もしいたとしても、それはニネットじゃない。本気で言っている意味がわからなくて聞いたのに、カミーユ王子は聞かれたことに驚いているようだ。

「なぜって、オデットとニネットは家族なんだぞ。半分とはいえ、血がつながっている。喧嘩したままでいいわけないだろう。オデットだってちゃんと反省して、謝りたいって言ってるんだ。会わせて、とことん話し合ったほうがいい」

「それはニネットにとって何の得があるんだ？」

「姉妹で仲良くすれば、今後の社交界で生きやすいだろう。どうしてそんなに聞き返すんだ？　これはニネットのためにも言っているんだぞ」

どうして聞き返すって、意味がわからなすぎるからだが。俺にとっては異常なことでも、カミーユ王子にとっては当たり前のことになるらしい。

ため息を、隠すこともなく、わかりやすく目の前でついてやる。怒り出すなら怒り出してくれてかまわない。

「家族だからといって仲良くしなければいけないわけじゃない。姉妹だからといって、殺し合わないわけでもない。加害者が被害者と仲良くしたいだなんて笑わせる」

「なぜそんなひねくれた考え方をするんだ。まずはお互いに歩み寄ってみればいいだろうに。俺の頼みなのに断るというのか？」

「カミーユ王子が頼んだからなんだ？　俺が聞く理由があるとでも？」

本気で馬鹿にしたのがわかったのか、カミーユ王子ににらみつけられる。そんな顔をしたとしても、王位継承権も持たない側妃が生んだ王子に権力はない。もうすでに公爵代理として王宮に上がっている俺のほうが上だ。

「陛下にはニネットに近づくなと言われているんじゃないのか？　バシュロ侯爵令嬢の嘘を信

じて、婚約解消したのを忘れたのか？　お前も加害者の、ニネットを虐げていた側なんだぞ」

「それは反省している。だから、俺も謝ろうと」

「謝ってどうなるんだ。許せとでもいうのか？」

「じゃあ、どうしろというんだ。謝らないと仲直りできないし、いつまでも会えないままだろう」

　本当におかしなことを言う。どうして加害者の、仲直りしたいという願いを聞いてやらなければならないんだ。

　王子として甘やかされて育ったせいなのか、王妃が王宮内の汚い部分を見せないように育てた弊害《へいがい》なのか。

「もう会わなくていいし、仲直りもしなくていいと言っている」

「だから、それじゃ」

「それで困るのはカミーユ王子たちだけだ。俺とニネットは何も困らない。あぁ、言っておくが俺はニネットを侯爵家に返さないよ。カミーユ王子にも」

「なっ」

「どうせ、ニネットを取り戻したいんだろうけど、俺は絶対にニネットを離さない。再度、ニネットがカミーユ王子の婚約者になることはない。それでも取り戻したいというのなら、俺につぶされることを覚悟して来い」

「なんでだよ。ルシアンは女嫌いなんだろう。別に婚約する相手はニネットじゃなくてもいいはずだ。そうだ、オデットに変えたらいいんじゃないか？　オデットのほうが美人だし、精霊術も使える」

ついに本音《ほんね》が出たか。カミーユ王子はニネットのことを、地味で役に立たない令嬢だと思っているから。

本当のことを知って、悔しがる顔が見たい気もするが、ニネットは面倒なことは避けたいだろうしな。

本当の姿も、可愛らしい性格も、知るのは俺だけでいいか。

「カミーユ王子とバシュロ侯爵令嬢はお似合いだよ。俺たちに関わらないで幸せになってくれ」

「……どうしてそこまで否定するんだ。家族なんだから仲良くしたい、そう言っているだけだろう！」

「それが余計なお世話だってことだ」

もうこれ以上話していてもわかりあえることはない。家族なら仲良くできる、ね。

側妃の子なのに王妃に育てられ、表面上は何も問題なく暮らしてきた、カミーユ王子だからそう思うのだろうけど。

本当のところはどうだろうな。

王妃の気持ちも、王太子と第二王子の気持ちも。カミーユ王子に言わないだけで、疎《うと》んでいる可能性が高い。

それを知った時、それでも家族だから仲良くって言えるかな。血がつながっているのだから、愛せ、と。

信じられないことだが、本当にそう言いそうでぞっとする。わかりあえない人間っているんだな。カミーユ王子は自分が正しいと思って行動しているだけ。

これならニネットの母親を人質にした陛下や、仕事を優先して家庭を放置していた侯爵のほうがわかりやすい。

王宮から出る頃には雨が降っていた。近くにいた弱っている精霊たちを連れて馬車に乗る。一度にたくさんの精霊を連れて帰るのは難しいため、こうして少しずつ、この国の精霊を逃がしてやる。

本当に少しずつだが、ジラール公爵家はもう長いこと精霊を隠してきた。そのおかげで、精霊術をまともに使える者もかなり減った。まったく使えなくなる日も近づいていると思う。

公爵家に戻ると、表屋敷が騒がしい。出迎えに来た表屋敷の使用人頭デニスに声をかける。

「何があった？」

「申し訳ございません。ゴダイル伯爵夫人と令嬢がお見えです」

「……誰が中に入れたんだ」

「1カ月前に入った私兵の新人です」

「はぁぁぁ」

俺が戻る前にデニスに叱られたのだろう。デニスの後ろには、うなだれた様子の若い私兵が立っている。

「クビにしておけ」

「かしこまりました」

「だ、旦那様！　どうしてですか！　息子の婚約者に会いたいっていう母親の気持ちは当たり前だと思うんです！　どうして頑《かたく》なに会わさないでおくんですか！」

「黙れ！　旦那様に口答えするな！」

「でも、こんなことくらいでクビだなんて」

「連れていけ！」

まだ納得していない様子の男を、他の私兵が引きずっていく。誰も同情はしていない。主人の許可なく客を入れるなんてありえないことだ。

ニネットを迎え入れたことで警備を強化しようと、私兵の数を急いで増やしすぎたのかもしれない。やはりきちんと教育を終わらせた者だけにしよう。

頭を下げたままのデニスを横目に応接室へと向かう。早くニネットのところに、本邸に戻りたいのにとため息が出る。

「どいつもこいつも。血のつながりほど厄介なものはないというのに」

愚痴を言ったところでどうにもならないが、言いたくもなる。家族だからと言うが、それにどれほどの意味があるというのだ。

応接室に入ると、同時に2人の声が上がる。

「遅かったわね、ルシアン」

「お兄様、おかえりなさい！」

ソファにゆったり座ってお茶を飲む2人に、相変わらずだなと思う。

40代半ばになるのに、胸元が大きく開いたドレス。夫人ならまとめているはずの黒髪も下ろしたまま。その母親にそっくりな黒髪の妹レジーヌ。

「何をしに来たんだ」

「何をしにって、あなたの婚約者に会いに来たのよ」

「そうよ。お兄様にふさわしいのかどうか見極めるんだから」

予想通りの答えだった。そういう理由だろうと思ってたから、会わないでおいたのに。

「俺の婚約はジラール公爵家の問題であって、ゴダイル伯爵家のお前たちには関係がない。口出しはしないでくれ」

「あら、母親に向かってそんなことを言うの？　いずれ一緒に住むことになるのだもの。どんな令嬢なのか気になるに決まっているでしょう」

「そうよ！　気に入らない令嬢だったら追い出すんだから」

「何度も言っているが、2人を引き取ることはしない」

公爵家から離縁されたのが不服な母は、俺が当主になったら引き取れとずっと言っている。断り続けているのに、あきらめる気配はない。そのせいで、レジーヌまで公爵家に住む気でいる。

「早くゴダイル伯爵家に帰ってくれ」

「あら。産んだ母親に向かって薄情《はくじょう》なのね」

「私だって、ここで生まれていたら公爵令嬢だったのに。早く私たちを公爵家に迎え入れてよ」

「断る。というか、レジーヌ、お前に公爵家の血は入っていないのに、引き取るわけないだろう」

レジーヌが生まれたのは、母イヴェットが公爵家を追い出された3年後だ。当然、公爵家とはまったく関係がないのに、なぜかレジーヌは公爵家の血筋だと言い続けている。

「私のお父様はロベール父様だわ。だって、私の青目はお父様に似たのよ！」

「目の色だけで判断するな」

「でも、ゴダイル伯爵は茶目だし、お母様だって茶目じゃないの。青目になるのは王家か公爵家の血筋なのよね」

「ゴダイル伯爵夫人の生家は侯爵家だ。高位貴族の血が流れていれば青目が生まれてもおかしくない。ジラール公爵家は関係ない」

離縁したあと、父上はほとんど領地から出てこない。会いもしないのに、娘が生まれるわけがない。そもそも、父上が不貞《ふてい》なんてするはずがない。その時にはもう母は再婚しているのだから。

「そんなのどうでもいいじゃない。お兄様が私を公爵家の者だと認めたら済む話でしょう？」

「そうよ。あなたたちが兄妹なのは変わらないのだから。ルシアンが当主になったら、家族みんなで暮らせばいいのよ」

開き直ってにっこり笑うゴダイル伯爵夫人に、これ以上話し合っても無駄だと感じる。

「お前らがこの家で暮らすことなんてありえない。さっさと出ていってくれ」

「この雨の中、出ていけというの？　濡れちゃうじゃないの。今日は泊めてもらうわよ」

「ふふふ。お泊まりするの楽しみだわ」

「この屋敷には客室がない。使用人棟の部屋も埋まっている。この応接室に泊まる気なのか？」

「そんなすぐにばれる嘘をついて」

「本当だ。公爵家はもう客を受け入れることはない。だから、客室は1つ残らずつぶした。ベッドどころか絨毯《じゅうたん》すらない空っぽの部屋しかないぞ」

「なんですって？」

応接室のドアを大きく開け放ち、2人に聞こえるように告げる。

「公爵代理の権限で命じる。今すぐ退去しなければ、拘束して伯爵家まで送り届ける。荷物のように馬にくくりつけて、だ」

「お兄様、ひどいわ！」

「何よ、もう！　よく考えなさい！　あなたを産んだのは私なのよ！　もっと、母親を大事にしなさい！」

「……お前たち、客は帰るそうだ。すぐに追い出せ」

「「「はっ!!」」」

廊下で待機していた私兵に命じると、応接室の中にぞろぞろと入ってくる。

さきほど1人クビにしたせいか、動きが早い。

私兵に囲まれて、さすがに居座るのは無理だと思ったのか、ゴダイル伯爵夫人とレジーヌは帰っていった。

これだけはっきり言ったのだから、公爵家に寄生するのをあきらめてほしいが、おそらくゴダイル伯爵に見捨てられたんだと思う。

生家にも戻れず、公爵家に引き取ってもらうしかないと思って、あんな風にしつこく来るのだろう。

一応、父上に手紙を書いておくか。領地のほうに行かないとも限らない。泣き落としは通用しないが、領地から追い出すのは手間《てま》だ。できれば、王都にいる者だけで終わらせたい。

ゴダイル伯爵家の馬車が敷地内から出ていくのを見届け、本邸のほうへと戻る。

「戻ったよ、ニネットは？」

「執務室で本をお読みになっています」

「わかった」

執務室の中に入ると、ソファで本を読んでいるニネットが見える。集中しているのか、俺が入ってきたことに気づいてない。

「ニネット、ただいま」

「あ、おかえりなさい！」

「ああ」

俺が戻ったことに気がついたニネットが、くしゃりと顔をくずして笑った。人形のように顔立ちが整ったニネットに感情が灯る。今のところ、俺にだけこんな風に笑ってくれるのがうれしくて、ニネットの頭を撫でる。

「遅くなってごめんな。お腹すいただろう。夕食にしようか？」

「はい！」

食事が終わったら、ニネットに話をしなければ。謝罪したあとも、ニネットは笑ってくれるだろうか。

7章　再び学園へ

夕食が終わり、部屋に戻るとテラスに出る。雨はもうとっくに上がって星が綺麗に見える。

この国の中で、本邸の周りだけが別世界のように輝いている。

雨が降ったことで精霊がより元気になったのか、楽しそうにくるくると飛び回っている。

何度見ても綺麗で、見飽きない。ずっと見ていられると思っていたら、ルシアン様もテラスに出てきたようだ。

「ルシアン様も精霊を見に？」

「いや、ニネットに話があってきたんだ」

「話ですか？」

それなら部屋の中に入ろうかと思ったけれど、ルシアン様はこのままでと言う。

王宮から戻ってきた時から元気がないように見えたけれど、国王に何か言われたのかもしれない。バシュロ侯爵家に戻るという話じゃなければいいなと思っていると、ルシアン様は深く頭を下げた。

「申し訳ない」

「え？」

「ニネットがこの国に囚われたのは、ジラール公爵家のせいだ。謝って済むことではないが、話す前に謝らせてくれ。本当に申し訳ないことをした」

頭を下げたままのルシアン様に慌てる。ジラール公爵家のせいってどういうこと？

「あの……頭を上げてください。どういうことですか？」

「そうだな。この国とジラール公爵家の関係を知ってもらわないと、何もわからないと思うから説明するよ」

どうしてルシアン様が謝っているのかはわからないが、その顔があまりにも真剣だったから、私もきちんと話を聞こうと思って向き直る。ルシアン様が話し始めたのは、この国の精霊の歴史だった。

「この国が精霊を頼りにし始めたのは、ジラール公爵家の初代当主が精霊の愛し子だったせいだ。もともとは他国から来た旅人だったらしい。初代当主は王女と結婚し、ジラール公爵になった」

「平民が王女と？」

「旅人と言っても、他国の王族に近い身分だったそうだ。だから王女との結婚を許されたのだろう。初代当主は精霊という存在をこの国に知らしめ、精霊と契約をした。だから、この国の精霊は外に出られない」

「……精霊が逃げられないということですか？」

「その通りだ」

王都のあちこちで見かけた、傷ついて弱った精霊。このままでは消えてしまうのに、どうして逃げないのかと思っていた。精霊はこの国から逃げられなかったんだ。

「そして、それからしばらくたって、また公爵家に精霊の愛し子が生まれた。その当主は精霊と別の契約を交わした。貴族が精霊術を使えるように、と」

「どうしてそんなひどいことを？」

「当時の精霊は元気だったし、貴族たちも精霊を酷使するようなことはなかった。日照《ひで》りの時に雨を降らせるとか、領主としての仕事を手伝ってもらうくらいの精霊術だったんだ」

「……それが変化していったと？」

「そうだ。だんだん人は欲望のままに精霊の力を使うようになった。そして精霊の力が奪われ、減っていったことに気がついた王家は、精霊の愛し子に依存するようになっていった。精霊の力が弱まっても、精霊の愛し子なら力を使えるから」

いつもは頼もしいルシアン様が、泣きそうな顔をしている。本邸にはたくさんの精霊。ここに逃がしているのはルシアン様。ルシアン様が謝ることじゃないのに。

「だから、お祖母様は、精霊の愛し子を隠すことにした」

「え？」

「お祖母様が産んだ二男は、精霊の愛し子だった。俺の叔父上だよ」

「ルシアン様の叔父様が精霊の愛し子？」

ルシアン様の叔父様の話は少しだけ聞いていた。本邸の池を作ってガーたちを連れてきた人と。まさか、精霊の愛し子だとは思っていなかった。

「叔父上は死産だったことにされ、隠されて育てられた。王家も叔父上の存在を知らない。今、叔父上の存在を知っているのは、父上と本邸の使用人と俺だけ。祖父母はもう亡くなっているから」

「その方はどこに？」

「ずっと旅に出ている。1年に一度帰ってくるけれど、少しすると、また出ていってしまうんだ」

「そうですか。今はいないのですね」

今はいないと聞いてがっかりする。私と同じ精霊の愛し子に会ってみたかった。会ってどうしたいのかはわからないけれど、それでもこの国に対してどう思うのか聞いてみたかった。

「うちが、精霊の愛し子がいると公表していれば、ニネットは狙われなかったかもしれない」

「……え？」

「20年くらい前にお祖母様が亡くなって、この国は精霊の愛し子がいない状況になった。そのことで陛下と精霊教会は焦《あせ》ったんだろう。そうでなければ、精霊の愛し子を探すことも、旅人だったニネットを捕まえることもしなかったと思う」

それは、そうかもしれない。国王は、私が精霊の愛し子だとしても、役に立つのか疑問に思っていた気がする。貴族じゃない私が精霊術を使いこなせるかどうか、不安だったと思う。だから、私は精霊術を使えないふりをしていた。役に立たなければ解放されるんじゃないかって。貴族の中に精霊の愛し子がいたなら、わざわざ平民の私を侯爵家の養女にするようなことはなかったはずだ。

「すまない……うちのせいで巻き込んでしまった」

「ルシアン様のせいじゃないです」

「それを言うなら、ニネットは何も関係ないじゃないか。この国の者でもないのに、人質をとって言うことを聞かせるなんて」

「今、人質って……」

「陛下に確認してきた。母親を人質にとられているのだろう？」

心臓が大きく鳴った。見開いた目に、ルシアン様の顔が近づいてくる。私の目を見つめたまま、誓《ちか》うように言った。

「絶対に取り戻してみせる。ニネットの母親を、平穏な生活を」

「母様を取り戻してくれるの？」

「ああ。俺と公爵家で使える力をすべて使ってでも、元の生活に戻してみせるよ」

元の？　母様との穏やかな日々に？

「……本当に？」

「約束する。ニネット、君の本当の名は？」

「……ニナ。母様がつけてくれたの」

「ニナ、俺は君を守ると精霊に誓うよ」

ぽろぽろと頬を伝って涙がこぼれていく。悲しいわけでもないのに、泣きたくて苦しい。

「泣いていい。好きなだけ泣いてかまわない」

「……うぅぅ」

「今まで1人で、よく頑張ってきたな。もうそんなに頑張らなくていいんだ」

ルシアン様がそっと、精霊から隠すように抱きしめてくれる。今までずっと我慢してきたものがあふれていく。

精霊が悪いんじゃない。それはわかってる。だけど、私が精霊の愛し子じゃなければ、と何度も思った。

言葉にならない恨みが吐き出されて、自分でも何を言っているのかわからなくなる。それでも、ルシアン様はただ黙って、私が泣きやむまで抱きしめてくれていた。


どうやらそのまま眠ってしまったらしく、気がついたら朝になっていた。

というか、目を開けたら、まだルシアン様の腕の中にいた。

「……え？」

「あぁ、起きたか」

私はソファに座るルシアン様に、抱きかかえられたまま眠っていたらしい。

もしかして私が泣き疲れて眠ったから、ルシアン様までソファで寝ることになってしまった？

「ご、ごめんなさい」

「かまわないよ。少しはすっきりしたか？」

「……はい」

あんなに苦しいほど暴《あば》れていた気持ちは落ち着いていた。

ルシアン様から離れ、立ち上がる。ルシアン様のシャツは私が握りしめていた跡《あと》がしっかりとついていた。

「あ……跡が。ごめんなさい」

「こんなのは洗えば取れるよ。外に出ているから、着替えたら食事にしようか」

「はい」


食事のあと、ルシアン様と今後について話し合う。ルシアン様は私に母様を会わせたほうが精霊術を使えるようになると、国王を騙してくれたらしい。嘘が苦手そうなルシアン様が国王を騙したことに驚いたけれど、母様を取り戻すためにしてくれたのだと思うと胸が温かくなる。

森の中で別れてから、それっきり会えなくなった母様。会えるのならうれしいけれど、本当に取り戻せるんだろうか。

「どうやって母様を取り戻すのですか？」

「とりあえず、ジラール公爵家での婚約式に連れてきてもらう。その時に取り戻すことはできないだろうが、居場所を特定できる」

「居場所を特定？」

「今はニナの母がどこにいるのかもわからない。精霊教会だけじゃない。精霊教会が持っている屋敷はたくさんある。そのどこに囚われているのか探すのは困難だ」

「それはたしかに……」

「だが、居場所を特定できれば、ひそかに連れ出すことができる」

「!!」

「だから、婚約式の時に久しぶりに会えて離れたくないと思うだろうけど、少しだけ我慢してほしい。絶対に取り戻すから」

「はい」

早く母様と一緒に住みたいけれど、ルシアン様に従う。ルシアン様は私が不安そうだったからか、私の頭を優しく撫でた。


婚約式をすると精霊教会に伝えると、式は一月《ひとつき》後に行うことになった。精霊教会の司祭を派《は》遣《けん》してもらうことになるので、日時は精霊教会が決めるのだという。

「王族は呼ばない。カミーユ王子のことがあるから、呼ばなくても問題はない。だが、バシュロ侯爵を呼ばないのは無理だろう……大丈夫か？」

「呼ぶのは侯爵だけですか？　夫人とオデットは」

「呼ばなくていい。夫人は離縁して生家に帰されているし、侯爵令嬢はニナを虐げていた者だ。侯爵もさすがに連れてこないだろう」

「それなら大丈夫です。バシュロ侯爵に何かされたわけではありません。朝夕の食事の時以外、あまり交流したこともなかったですし」

朝夕の食事の時も、話していたわけじゃない。バシュロ侯爵は無口で、食べ終わるとすぐに執務室へと行ってしまうし、屋敷にいるよりも王宮にいるほうが多かった。王家の仕事も任されているせいで忙しいのだと思うが、放っておかれた夫人とオデットの八つ当たりに利用された気はする。

だから、侯爵のことは憎んではいないけれど、嫌いではある。今後はできる限り関わり合いたくないと思っている。

「王族も呼ばないような婚約式だから、なるべく他の貴族も呼ばないことにすると言えば、関係の薄い他家は断れる。表屋敷の広間で少人数の式にしよう」

「はい。それでいいと思います」

私としてもそのほうがうれしい。幼い頃にカミーユ様と婚約した時は、婚約式は大人たちだけで行った。

だが、いろいろと面倒だというのは学園の令嬢たちからの話で知っている。もっとも、その令嬢たちは面倒だとは思っていないようだったけれど。元平民の私にしてみれば、わざわざ婚約式なんてする必要性がわからない。侯爵家で育って王子妃教育を受けたとしても、心までは変わらなかったらしい。

あと2週間で婚約式という時期になって、学園長からルシアン様に手紙が届いた。学園ではもうとっくに新しい学年が始まり、私は3学年になっているはずだが、一度も通っていない。

「もしかして、私が休んでいるからですか？」

「試験の時だけ行くと伝えてあるから問題はないはずなんだが、カミーユ王子とバシュロ侯爵令嬢が騒いでいるそうだ」

「騒いでいる？」

「ニナは学園に通いたいのに、俺が屋敷に閉じ込めている、と」

「はぁ？」

「言い出したのは侯爵令嬢のようだが、助け出さないとと騒いでいるのはカミーユ王子。学園長としても確認しなくてはいけないからと手紙を送ってきた」

「はぁぁぁぁ」

呆れてしまって、大きなため息が出た。またカミーユ王子の正義感かと思うと、うんざりする。

「カミーユ様はいつもそんな感じでした。自分の考えが正しいと思うと、すぐに暴走して。人の話を聞けないんです」

「カミーユ王子は本当にそう思っていると？」

「少なくとも私が知っているカミーユ様はそうです。オデットの話をすぐに信じて、私が悪いと思い込んでいました。今もきっと泣いて騒ぐオデットに同情して、私を助け出そうとしているのでしょう」

「なるほどねぇ。カミーユ王子から見れば俺は悪者か」

どこか面白そうな声のルシアン様だが、私は面白くない。バシュロ侯爵家にいた時、カミーユ様は私を助けてはくれなかった。婚約者だというのに、オデットの話だけを信じて。それなのに、今になって私を助ける？　私を助けてくれたのはルシアン様なのに。

「ルシアン様、私、学園に行きます」

「そんなものは放っておいていいんだよ？」

「だけど、言われっぱなしなのは面白くないので、私が行って否定してきます。学園で人の目があれば、無茶なことはされないでしょうし。はっきり言えばカミーユ様たちの評判のほうが落ちるでしょうから」

「ううん……どっちにしても試験で行けば絡まれるか。わかった。行く時はミリーを連れていってくれ」

「ミリーですか？」

「うん。もちろん、行き帰りの馬車に私兵はつけるけど、学園の中には入れない。侍女のミリーなら学園の中まで行って世話ができる」

「学園内まで侍女を連れていくのは王族くらいだと思いますが」

「公爵家でもつけられるよ。ニナは次期公爵夫人だから大丈夫。護衛の意味もあるが、それよりも監視《かんし》役をさせたいんだ。カミーユ王子たちがしたことをミリーから陛下に報告させる」

「そういうことなら……」

ミリーは私より少し背が高くて頼りになりそうだけど、本当はどこかの貴族出身だと思う。お世話してもらうのを遠慮すると悲しそうな顔をするから、あきらめて世話をしてもらっているけれど。

本邸で私の世話をするだけでも忙しいだろうに、学園にもついてきてもらうなんて申し訳ないな。

◆◇◆◇◆

2日後、ミリーと一緒に学園に向かう。学園に着いて馬車から降りると、周りにいた人たちが見てくる。しばらく学園に来なかったから目立っているらしい。

「ミリー、行きましょう」

「はい」

歩き始めた私をミリーがそっと人目から隠してくれる。その気持ちがうれしくて、嫌だった気持ちがおさまる。

教室に入ると、やはりみんなから見られたけれど、そばにミリーが控えているからか、誰も近寄ってこない。

もうすぐ授業が始まる時間になって、カミーユ様とオデットが教室に入ってくる。

「ニネット!?」

「まぁ、本当にニネットだわ！」

私に気がついた2人はこちらに向かってこようとしたけれど、教師が教室に入ってきて全員に座れと指示をする。

カミーユ様とオデットから目を離し、前を向いて座ると、ミリーは教室から静かに出ていった。ミリーが私のそばにいられるのは休憩時間だけ。授業の間は教師が責任を持って監視すると聞いていた通り、教師はカミーユ様とオデットにただちに座るようにと再度指導している。

本来なら王族のカミーユ様にそんなことはできないのだが、国王が許可していることもあり、カミーユ様は不服そうな顔をして黙る。オデットも文句を言いたそうだったけれど、自分の席へと戻った。

これは昼休みに話し合うことになるだろうな。一刻も早く私に話しかけたいという視線が送られてくる中、久しぶりの授業に集中しようとする。

午前中の授業が終わると、いつも以上に疲れた気がする。教師が出ていく前に、ミリーが教室へと入ってくる。

だが、そのミリーが私のところにたどり着く前に、カミーユ様とオデットが私の前に立った。

すると、オデットは挨拶もなく私に抱き着いてくる。

私より背が高いオデットに抱きしめられ、顔が押しつぶされる。すぐに振りほどこうとしたけれど、オデットの力が意外と強くて離せない。

「ニネット！　よかったわ。心配していたのよ。ようやく解放してもらえたのね！」

「……何を」

「何度もお願いしたのよ！　ニネットを学園に通わせてって！　いくら婚約者でも屋敷に閉じ込めておくなんてひどいもの。カミーユもずっとニネットのこと心配していたのよ」

「オデット、離し……」

「あぁ、なんて可哀そうなの。ずっと公爵家に閉じ込められていたのね！　なんてこと！」

これはオデットの作戦なのかな。私が公爵家に閉じ込められていたから学園に通えなかった、と、聞いている周りの者たちに信じさせたいらしい。

どうにかしてオデットから離れようともがいていると、ミリーから声がかかる。

「バシュロ侯爵令嬢、ニネット様から離れてください」

「……誰よ、あなた」

「私はニネット様の専属侍女です。バシュロ侯爵令嬢は、ニネット様に近づかないように言われているはずです。その手をすぐさま離してください」

「侍女が口出ししないでちょうだい。私は姉であるニネットと話しているのよ」

「そうだ。侍女が姉妹の会話を邪魔するんじゃない」

カミーユ様までミリーを邪魔者扱いし始めた。邪魔なのは、オデットとカミーユ様のほうなのに。

「学園でのことはすべて国王陛下に報告することになっています。もう一度言いますね。ニネット様から離れてください」

「っ‼」

専属侍女が国王に報告するとは思っていなかっただろう。オデットは悔しそうな顔をして私から離れた。

ようやく息ができる。私の制服にオデットの香水がうつったようで嫌な気分になる。

「はぁ。やっと離れてくれた。カミーユ様、オデット、何を勘違いしているのかはわかりませんが、私はお二人と関わりたくありません。話しかけられるのも迷惑です」

「そんな！　私はニネットと仲直りしたくて……」

「その必要はありません。今後は関わらないでください」

こんな風にきっぱりと否定したら、周りの令嬢たちはオデットに同情してしまうかもと思ったが、こそこそと話しているのを聞くとそうでもないらしい。

「やっぱりそうよね……あれだけのことをしたのに仲直りって」

「自分がされたとしたら絶対に許さないくせにね」

「どこか、愛人の子だから逆らわないって思ってたんじゃないの？」

「あれだけはっきり言われたら嫌がられているのわかるわよね」

私だけじゃなく、オデットとカミーユ様にも聞こえたのか、オデットの顔が怒りで真っ赤になる。

それをカミーユ様が同情するように抱き寄せた。

「冷たすぎるんじゃないのか？　ニネット。２人は家族なんだぞ、少しくらい問題があったって、話し合いで解決するべきだろう」

「……カミーユ様、それ本気で言ってます？」

「なんだ。ニネットが怒る気持ちもわからないでもないが、家族なんだからわだかまりをなくして、仲良くしたほうがいいに決まっている。オデットは謝りたいと言っているんだし、許してやればいいじゃないか」

相変わらずの考えなしで腹が立ってくる。カミーユ様は自分が正しいと思っているが、そうじゃない。自分たちにとっていいことが正しいんだ。

「私はもう二度とオデットと関わりたくありません。幼い頃から毎日のように虐げられてきました。食事を満足にとれなかったことも、水をかけられたことも、暗くて狭い場所に閉じ込められたこともあります」

「な……子どもの頃のことだろう」

「食事に虫や砂を入れられたことも、私のものを取られたり壊されたりしたことも、夜中までずっと立たされたままだったこともあります。オデットに虐げられていたのは、つい最近まで。ルシアン様が助け出してくれたからです。私はもう、あの苦しいだけのバシュロ侯爵家に戻りたくありません！」

わざと大きな声で言った。廊下からも教室内をのぞき込んでいる者たちが見える。他の学年の者も騒ぎを聞きつけて来たようだ。

バシュロ侯爵家とオデットに虐げられたと、これだけはっきり私が証言すれば、あとから何を言っても無駄だ。

「いくら愛人の子だからって、侯爵が引き取ったのに食事もさせないなんて」

「そんなに虐げていたのに、自分のほうがいじめられているって嘘を言ってたってこと？」

「その上で婚約者も奪い取るなんて、どれだけ傲慢《ごうまん》なのか」

「それで仲直りしたいだなんて、どの口で言えるんだ」

令嬢だけではなく、令息たちまでが好き勝手にオデットの悪口を言い始めた。それを聞いたオデットは、怒りを通り越したのか真っ赤な顔で震えて何も言わない。

いや、何も言えないんだろう。何を言えばごまかせるのか、考えてもわからないんだ。ここで違うと言っても、私が具体的な話をすればもっとひどいことになる。そうならないように否定しなければならないが、そんなうまい話は思いつかないに決まっている。

だが、カミーユ様はまだわかっていないようで、まだ私を言いくるめようとしてくる。

「なぁ、つらかったのはわかる。だが、そんなことにこだわり続けていたら、いつまでたっても仲良くなれないだろう。片方だけでも血がつながっているんだ。それに、オデットの気持ちをわかってやれよ」

「オデットの気持ち？」

「ああ。突然父親が愛人の子を引き取ったら、意地悪したくなるに決まっている。侯爵夫人だって、愛人の子なんて可愛がれない。それなのに一緒に住んでいたんだぞ。感謝するべきことだろう？」

「そうですね……本当に愛人の子であれば」

もう何を言っても通じないカミーユ様に腹が立って仕方ない。いつまで母様は愛人だと馬鹿にされなきゃいけないいんだろう。もういいや。陛下に怒られてもきっとルシアン様がなんとかしてくれる。

「まだそんなことを言っているのか。自分が愛人の子だと認められないのか？　オデットのことを妹だと思いたくないのか？」

「ええ、そうですね。だって、オデットと血のつながりはないのだから！」

「「は？」」

耐え切れずに言ってしまった私の発言に、誰もが動きを止めた。そのままの勢いで、2人に聞き返される前に続ける。

「私とオデットに血のつながりはありません。だから、本当は姉妹じゃないいんです！　姉妹じゃないのだから、これから仲良くする必要もありません！　以上です、わかりましたか⁉」

「……それって、どういうことだ？」

「これ以上は、バシュロ侯爵か国王に聞いてください。私から話すことはできません。ですが、姉妹ではないというのだけは本当のことです。家族だから仲良くしろ、なんてことは二度と言わないでください」

「……わかった」

カミーユ様はまだ納得できない顔をしていたが、これ以上ここで話すのはまずいとようやく気がついてくれたらしい。

教室をのぞくたくさんの顔。そのすべてに聞かれていたとわかり、顔が青ざめていく。

顔を見合わせてうなずいている者、こそこそと聞こえないように話している者、そのどれもがオデットのほうを見ている。

オデットはもう私に言い返す気力もないのか、ぼんやりとした目で、どうして？　と何度もつぶやいている。これ以上話さなくていいのならちょうどいい。

「……ミリー、疲れたから帰ってもいいかしら」

「そのほうがいいと思います。帰りましょう」

午後の授業も受けたかったけれど、とりあえず2人にはっきり告げることはできた。オデットと血のつながりがないと言ってしまったことを、早いうちにルシアン様に報告したほうがよさそうだ。


本邸に戻ってまずは着替える。抱き着かれたせいで、オデットの香水の匂いがついてしまった気がする。ミリーに着替えるように言われたこともあるが、この匂いをルシアン様に嗅《か》がせるのは嫌だと思った。

着心地のいいワンピースに着替え、執務室に向かう。ルシアン様は仕事中だったようだが、私が戻ってきたのに気がついて手を止める。

「おかえり、ニナ。ずいぶんと早かったな。何か問題が起きたのか？」

「ええ、昼休みに入ってすぐに言い合いをして。つい腹が立って、オデットとは姉妹ではないと言ってしまいました」

「ん？　どういうことだ？」

ミリーと一緒に今日の出来事を詳しく説明したところ、ルシアン様は笑い出した。

「……そんなにおかしいこと言いました？」

「ああ、おかしいよ。ニナは気がつかなかったみたいだけど。だって、バシュロ侯爵令嬢と血のつながりがないって言ったんだろう？」

「はい。事実ですから」

そんなにおかしなことを言っただろうか。隣で一緒に報告していたミリーも、不思議そうな顔をしている。

「ニナは侯爵の愛人の子として引き取られている。貴族たちは全員がそう思っている。なぜなら、侯爵自身が周りにそう説明していたからだ」

「それは、はい。わかっています」

あの頃、どうしてわざわざ他家にまで説明するんだろうと思っていた。そのせいで私は愛人の子だと蔑まれるのに。

「そう、だから、確実にニナは侯爵の子どもだと思われている」

「……ん??」

「そのニナと血のつながりがないと言われたのなら、バシュロ侯爵令嬢のほうが侯爵の子どもではないと、そういうことになる」

「あ!!」

言われてみて気がついた。私は自分が侯爵の子どもではないと、そういう意味で言った。だけど、周りはそうは思わない。

「カミーユ王子もびっくりしただろうね」

「……私、まずいこと言ってしまいました?」

「いや、その辺の誤解をとくのは侯爵と陛下の仕事だ。最初からニナを愛人の子だなんて言わなきゃよかったんだから」

「そうですよね……私を愛人の子と言ったのは、おそらく夫人と離縁したかったのかなと」

「離縁？　夫人と？」

「浪費が激しかったみたいで、よく喧嘩していました。だから、夫人のことが嫌いだから、わざと私を愛人の子だって言って怒らせたかったんじゃないかと思っていました。先日、離縁したと言っていましたし、もう違うと知られてもいいですよね」

「ふぅん。まぁ、この件は何も言われないと思うから心配しなくていいよ。今回それだけはっきり言ったのなら、学園での騒ぎもおさまるだろう。明日からはどうする？」

「そうですね。授業は楽しかったですけど、やっぱり学園では落ち着いて勉強できません。ここでパトに教えてもらうほうがよっぽどいいです」

「そっか。それがいいな。お疲れ様、よく頑張った。お昼食べてないんだろう？　一緒に食べようか」

「はい！」

私がルシアン様と食後の散歩に行ってガーに餌をあげていた頃、バシュロ侯爵家ではオデットが、王宮ではカミーユ様が、話を聞かされていた。そのことで、２人が私を逆恨《さかうら》みしたと知ったのは、ずいぶんとあとのことだった。

8章　不肖の息子

久しぶりに学園に来たニネットと話してから、オデットの機嫌は最悪だった。

それもそうだろう。自分が侯爵の血を引いていないと、あそこまではっきり言われたのだ。周りにたくさんの令息令嬢がいる前で。

謝って仲直りさせるはずだったのに、どうしてこんなことになったのか。頑なな二ネットの態度をどうにかできたらよかったのだが、ニネットには今いちこちらの話が理解できないようだった。これから社交界に出て、ルシアンの妻としてやっていくのなら、貴族としてのつきあいを学ばなければいけない。その時に味方になるのは、オデットだと思っていたのに。

結果は、はっきりと拒絶され、オデットは深く傷ついている。だけど、俺にとってもずっと不思議だった。どうして侯爵だけでなく、父上までニネットのほうを大事にするのかと。

もし、オデットが不貞の子だというのが本当なら、それはよくわかる。夫人が不貞をした子よりも、侯爵は実の娘のニネットのほうを大事にするに決まってる。たとえ愛人が平民だとしても、侯爵家の血を引いているのはニネットなのだから。

だが、それでも疑問は残る。どうして俺と婚約したのはニネットだったのか。ニネットが侯爵家の血を引いている唯一の娘なら、ニネットが婿を取って継ぐべきだ。

俺と婚約解消したあとも、ニネットは公爵家のルシアンと婚約した。侯爵家の血を引いていないオデットに継がせるなんて、意味がわからない。

バシュロ侯爵がニネットを侯爵家に戻したかった理由は理解したが、それを許可しない父上の考えが読めない。俺の知らない事情があるのだろうか。考えてもわからず、それ以上考えるのはやめた。とりあえず、不機嫌なオデットを慰めながら学園から帰る。

王宮に戻ると、すぐに謁見室に呼び出された。急に何の用だと思いながらも、ちょうどいいと思い、向かう。オデットのことが本当なのか聞けるかもしれない。

謁見室に入ると、父上だけでなく義母上もいた。婚約解消の件からずっと2人には避けられていたから、会うのは久しぶりだ。

「やっと来たか」

「ただいま戻りました」

「また学園で騒ぎを起こしたそうだな」

「え、いや、その。騒ぎというほどのことでは。オデットとニネットを仲直りさせようとしただけです」

「……また余計なことを」

呆れたような父上に、眉間《みけん》にしわを寄せたままの義母上。俺がしたのはそれほど悪いことではないのに。

「余計なことと言いますが、ニネットにとってもいいことだと思います。ニネットは今まで社交界で受け入れられていませんでした。ですが、公爵夫人になるのなら、このままでいいわけはありません。だから、侯爵家を継ぐオデットと仲直りをすれば、お互いに支えあっていけると思い」

「そのことは断られたのだろう？　以前、ルシアンに提案した時に」

「こ、断られたのはそうですけど、ルシアンは冷たすぎると思います。オデットは心から反省しています。もうあんな真似はしないと言っています。これからは家族として仲良くできると……」

家族として、と言って言葉が止まる。本当にオデットとニネットが家族ではないとしたら？　家族じゃないというのが事実なら、俺がしたことは。

「そのニネットに、はっきり否定されたそうじゃないか。オデットと血のつながりはないと」

「……それは本当なのですか？」

「本当だ」

「!!」

ニネットが言ったことは本当だった……では、オデットが不貞の子だというのも？　俺が聞いていいことなのか迷っていたら、父上のほうから話し出した。

「オデットは夫人が浮気してできた子だ」

「……まさか、本当に」

「夫人はそれがバレているとは思っていない」

「え？」

「どういう事情でわかったのかは言わないが、オデットが実の娘じゃないとわかった侯爵は、夫人の父であるグラッグ侯爵に打ち明けた。当時、事業で提携《ていけい》していたこともあり、関係が悪化するのは避けたかった。話し合いの結果、侯爵はそのままオデットを娘として育てることにした」

「そんなことが許されるのですか？」

「オデットに罪はない。まともに育つようであれば侯爵家を継がせ、どうしようもない娘だとわかればグラッグ家に戻し、バシュロ侯爵家は養子に継がせようと思ったらしい」

「罪はない……そうですね」

浮気したのは夫人であって、生まれてきたオデットには罪はない。だから自分の娘にして育ててきた。

「だが、今回のことで侯爵はオデットを完全に見限った。夫人とはすでに離縁しているし、オデットが自分の子ではないと公表すると言っている」

「え？」

「お前との婚約は王命だから継続だ。だが、オデットはグラッグ家に戻る」

「は？　バシュロ侯爵家はどうするんですか？」

オデットは俺と結婚してバシュロ侯爵家を継ぐはずなのに、グラッグ家に戻してどうするんだ。まさかニネットを婚約解消させて戻すつもりなのか？

「バシュロ侯爵家は養子に継がせると言っている。侯爵の妹の子どもに譲《ゆず》るつもりなんだろう」

「そんな……でも、グラッグ家に戻ると言われても」

「もちろん、グラッグ家はオデットの伯父である侯爵のものだ。侯爵の息子が継ぐことに決まっている」

「では、俺とオデットはどうしたら」

「学園を卒業するまでは王宮に置いてやる。その後は自分で生活する道を探せ。王宮文官や騎士を目指すのはかまわないが、王子としての扱いはされないと思っておけ」

「そんな……」

バシュロ侯爵家を継ぐこともグラッグ侯爵家を継ぐこともできないのなら、オデットと結婚する意味はあるのか？　騎士になって、貴族でもない身分でこき使われるなんて、王子として生まれたのになぜそんな目にあわなければならない。

「今さら後悔しても遅い。ニネットを大事にしなかったお前が悪い」

「そんなことを言われても……侯爵の娘だとしても、どうして愛人の子と婚約させたのですか？　ニネットが侯爵と夫人の間の子であれば、こんなことには」

「お前は本当に何もわかっていないんだな」

「は？」

そもそもニネットが愛人の子でなければ、ニネットの容姿は貴族らしかったはずだし、精霊術も使えたはずだ。それなら俺だってニネットを馬鹿にせずに、ちゃんと婚約者として大事にしていたはずなのに。

今さらと言うなら、少しくらい文句を言いたかった。返ってきたのは、父上と義母上の冷たい視線だった。

「こいつにちゃんと説明してやれ。お前が甘やかしたせいもあるんだぞ」

「……そうですね。本当のことを話して育てていれば、こうならなかったでしょう」

父上はもう話す気がないのか、奥の控室《ひかえしつ》へと行ってしまった。残された義母上は、大きくため息をついた。

「カミーユ、あなたはニネットを愛人の子だと見下しているようですが、自分の立場をわかっていますか？」

「……？　第三王子です」

「側妃の産んだ、第三王子です」

「義母上？」

いつも兄上たちと同じように育ててくれた義母上が、側妃を強調するように言った。

「カミーユの母、レイラは子爵令嬢でした。私の侍女の1人だったのよ」

「義母上の侍女ですか」

俺を産んで間もなく亡くなったのは知っているが、詳しい身分などは知らなかった。

実の母について聞いたことはあるが、知らなくていいと言われたからだ。誰も話さないため、いつからか聞くこともなくなっていた。

「レイラは私の乳母《うば》の娘でした。だから身分が低くても侍女の1人として雇っていました。ですが、あまり仕事ができる子ではなくて、気分屋でさぼりがちで。取り柄というものがない子でした」

「……」

俺の母親なんだよな？　なんだよ、気分屋で取り柄がないって。

「ある日、仕事が嫌になったレイラは、酔っぱらって寝ている陛下の寝所《しんじょ》に入り込みました」

「は？」

「そして、関係を持ったのだから側妃にしろと迫ったのです」

「……嘘だろう」

なんだ、それは。側妃というのは、正妃には劣るけれど、きちんとした手順で選ばれた妃なのではないのか？

それこそ、身分も能力も求められて……

「当然、激怒した陛下に部屋を追い出され、私に泣きついてきたのですが、助ける義理もなく。ただ、身ごもっている可能性があったので放っておくこともできず。子どもが産まれるまでは貴族牢《ろう》に入れました」

「…………」

信じられない。そんなあばずれが俺の母親？　王妃である義母上を裏切るような侍女が？

「結果として、カミーユが産まれ、レイラは毒杯《どくはい》を賜《たまわ》りました。戸籍上、側妃となっているのはカミーユが王子だからです。王子の母を罪人とすることはできません」

「そんな……嘘だ」

「カミーユに罪はないですし、一応は私の侍女だった責任もあります。私の子たちと変わらないように育てました。それなのに、どうしてこうなってしまったのかしら。愛人の子だからとニネットを虐げて婚約解消するなんて」

「それは、知らなかったから！」

「知らなければ虐げてもいいと？　カミーユとオデットも同じように不貞の子だとわかった今、ニネットにひどいことをしていたと理解できますか？」

「……」

同じ……不貞の子。俺とオデットが、あのニネットと同じ立場……言われても納得できない。

俺は、俺だけは違うはずだと。

呆然としていたら、謁見室の扉が開いた。

許可なく勝手に入ってくるなんて、と思ったら、第一王子で王太子のアンドレ兄上だった。

「母上、もう話すだけ無駄ですよ」

「アンドレ……」

「こいつが王族らしいのは外見だけで、中身は別物。同じように育てたところで俺やランゲルとは違います」

「そうね……教育すればなんとかなると思った私が愚《おろ》かだったのね」

母上を慰めるような兄上の発言は……どういうことだ？

「兄上、何を」

「もう兄上と呼ぶな。お前は弟ではない」

「ど、どうしてですか？」

「まだわからないのか。お前が馬鹿なことをしたせいで、王家の名に傷がついたということが」

「傷……？」

　王家の名に傷をつけるようなことをした覚えはない。俺は俺にできる精一杯のことをしてきた。なのに、どうしてこんな目で見られなきゃいけないんだ。

「これだけ言ってもわからないから、話すだけ無駄だと言ったんだ」

「兄上は俺にずっと優しかったじゃないですか。ランゲル兄上には厳しくても、俺には怒らなかった。どうしてそんなことを急に」

「俺はお前に優しかったわけじゃない。俺もランゲルも、お前には何も期待していなかっただけだ」

「そんな……ランゲル兄上だって、俺に剣の稽古《けいこ》をつけてくれて……」

「ランゲルがお前の稽古を見ていたのは、ただ単にその間は自分の稽古をさぼれるからだ。ランゲルには王弟として支えてもらわねばならないから、厳しく指導するように騎士団長に命じていた。さぼりたい時だけお前の相手をしていたはずだ。お前の稽古をつけていたのは母上がそうしてほしいと願ったからだが、俺が王になる時にお前は必要ない。だから、厳しくしなかった」

「……うそだ」

いつでも微笑んでいたアンドレ兄上……。稽古をつけてほしいとお願いすると、笑って応えてくれたランゲル兄上……。どちらにも弟として愛されていると思っていた。そう思っていたのは俺だけだったのか？

「もういい、早く出ていけ」

「兄上！　義母上！」

「俺はお前の兄ではないし、母上もお前の母ではない。おい、こいつを連れ出せ！」

「!!」

追いすがろうとしたけれど、騎士たちに捕まって廊下に出される。そのまま私室に連れていかれたあとは、ドアの外から鍵をかけられた。

侍女もいない部屋。見慣れた自分の部屋なのに、いつもとは違って見える。学園を卒業したら、この部屋から出ていかなくてはいけない。

俺が、不貞の子。父上の寝込みを襲った侍女の息子……。

愛人の子ですらなかったなんて。父上に優しくされたことがなかったのは、そのせいだったのか。

義母上と兄上たちには愛されていると思っていたのに、そうじゃなかった。最後の言葉、俺を見る目。憎まれていたのがわかる。

いったいどこから間違えてしまったんだ。おそらく父上が俺をニネットの婚約者にしたのは、不貞の子同士だから仲良くやれるはずだと思っていたってことだよな。だから本当にわかっていない、と。俺が側妃の子だと自覚していたら、オデットが何か言ってきてもニネットのほうが正しいと思えていたのだろうか。

愛人の子だから憎まれても仕方ない、ではなく、俺も側妃の子だからニネットの気持ちがわかる、と思えていたら。

今さらなのはわかっている。オデットを傷つけ、不貞の子だと知られてしまったのも、俺がうまく対応できなかったからかもしれない。

そもそも俺の婚約者はオデットではなくニネットだったのだから、必要以上にオデットに近づいてはいけなかった。だけど、最初からニネットの見た目が平凡なことが気に入らなくて、綺麗なオデットと一緒にいることを選んでしまった。

もう俺にはオデットしか残されていない。きっと今頃、オデットは真実を知って泣いている。会いに行って慰めてやりたいけれど、部屋から出ることすらできない。

何とか部屋から出ようと侍女や近衛騎士を大声で呼んだりしたけれど、食事が運ばれてくる時以外は人が来なかった。食事を運んでくる侍女には近衛騎士がついていて、外に出してくれとお願いしても聞いてはくれなかった。

だが、ある時から食事を置きにきた侍女が部屋の鍵をかけなくなった。ようやく許されたのかと思ったけれど、それは見捨てられたからだと気がついたのは、すべてが終わってからだった。

9章　止まらない不満

憂鬱《ゆううつ》な気持ちでバシュロ侯爵家に帰る。一緒の馬車に乗るカミーユが何か言っていたようだけど聞こえていなかった。

あの日、ジラール公爵家にニネットを連れ戻しに行ったけど、1人で戻ってきた私を見てお父様は叱らなかった。ただ、失望するような目で見られただけだった。

このままでは本当にカミーユと一緒にバシュロ侯爵家を継がなくてはいけなくなる。お父様に大事にされないのをわかっていて、ここにい続けるのは嫌だった。

それからジラール公爵家を訪ねることすら禁じられてしまって、仕方なく学園でニネットのことを話題にすることにした。ニネットはジラール公爵家に閉じ込められていて可哀そうだと。ルシアン様の評判を落とすのは嫌だったけれど、ニネットを引き離さない限り私がルシアン様の婚約者になることはできない。私とカミーユに近づかない令息令嬢たちも、醜聞《しゅうぶん》だとわかると聞き耳を立てている。人が多い場所で何度も話していたら、効果があったのかニネットが学園に来ていた。

これでようやく話すことができる。私がニネットを家族だと認めてあげて、カミーユとバシュロ侯爵家を譲ってあげると言えば喜ぶはずだと思っていたのに、ニネットは最後まで頑なな態度のままだった。落ち込む理由はニネットと仲直りできなかったことだけじゃない。私がお父様の子じゃないと言われ、否定できなかった。

だって、お父様から愛された記憶がない。ニネットだけ大事にされ、私は放っておかれていた。どうしてなのかと思っていたのが、やっとわかった。

私はお父様の子じゃなかったんだ。ニネットは愛人の子だけど、お父様の血を引いている。私はお母様がどこかで不貞してできた、いらない子。

どちらを愛するかなんて、誰に聞いたって同じことを言うだろう。たとえ平民の血が混ざろうと、精霊術が使えないだろうと、自分の娘のニネットのほうが可愛いと。

ニネットはそのことを知っていたから、私の言うことを聞かなかったんだ。お母様のことも私のことも馬鹿にして、自分だけがお父様の娘だと笑っていたに違いない。

どうしてニネットと仲直りできると思っていたんだろう。きっと今頃ニネットは笑っている。お父様の血を引いてもいないのに、私が姉妹だ家族だと言っていたことを馬鹿にしているんだろう。

お父様のいる屋敷には帰りたくないけれど、他に行くところもない。仕方なく屋敷に戻ったら、すぐに呼び出された。

「旦那様がお呼びです」

「……行きたくないわ」

「お呼びです、行きましょう」

「……」

お父様の秘書に手をつかまれ、無理やり連れていかれる。執務室に入ると、お父様は私をソファに座らせることなく話し始めた。

「ニネットとまた争ったそうだな。お前には、もう二度と関わるなと言っただろう」

「……私は仲直りしたくて」

「一度は謝罪することを認めたが、陛下からも命じられたはずだ。二度とニネットに近づくなと。どうして私と陛下の命令が聞けないんだ」

「ごめんなさい……」

「まぁ、もういい。済んだことだ」

「え？」

あっさりと許されたことに驚いたが、そうではなかった。お父様の目はいつも以上に冷たく、突き放されたように感じる。

「お前が私の子でないのは事実だ」

「……」

やっぱりニネットが言ったことは本当だったんだ。私はお母様の不貞の子だった。

「お前が私の子ではないというのは、産まれる前からわかっていた」

「……どうしてですか？」

「お前が生まれた頃、この国は不作で苦労していた。私は領地と行き来していて、アデールとはろくに会っていなかった。それなのに子ができたことを不審《ふしん》に思い、調べさせた。アデールには遊び仲間の男たちが何人もいた。真面目で面白くもない私のことを笑いながら、浮気をしていた」

お母様にお友達が多いのは知っていた。そのほとんどは男性で、はしたないと言われているのも。

だけど、お父様が仕事で忙しいと言って、夜会にも出席しないのが悪いと思っていた。エスコートもなく夜会に出席するなんて恥ずかしい。お母様がお友達と出席するのも仕方ないなって。

それが浮気だったんだ。

「一時は産ませないことも考えた。お腹の子を殺して、なかったことにしようかと」

殺してって、それって私のことよね。平気な顔でそんなことを言うなんて……

「俺のことが恐ろしいか？」

「そ、それは」

「まぁいい。その時点で結婚して6年、俺とは子ができなかったから、今後もできる可能性は低い。それに、グラッグ侯爵家と事業で提携していたことを理由に離縁はしなかった。オデットとバシュロ家の血を引く者を結婚させれば問題ないと思ったからだ。もちろん、アデールに警告はした。遊ぶのをやめ、オデットをまともな令嬢に育てろと」

お母様は……変わらなかったから離縁された？　ニネットに使うはずだったお金でドレスや装飾品を買って、若い男性と出ていくのをよく見た。

「結果は遊ぶのも止めなければ、ドレスや装飾品を嘘をついてまで買いあさっていた。これ以上は置いておくことはできないと思いグラッグ侯爵家に戻したが、お前については陛下がカミーユ王子にバシュロ侯爵家を継がせたいというから我慢してやったんだ」

我慢して置いてやったと言われても言い返せない。だって、お父様の血を引いていないのであれば、ここにいる理由はない。

「オデット、バシュロ侯爵家からお前の籍を抜いた」

「……え？」

「グラッグ侯爵家が引き取ると言っている。荷物はあとで送る。さっさと出ていけ」

「え？　……お父様？」

「私は父ではないと説明しただろう。あぁ、カミーユ王子との婚約は継続だそうだ。学園を卒業したら王宮から出されるそうだが、２人でなんとか考えるんだな」

「そんな！　そんなことになったら、どうすれば」

「自分で考えろ。ニネットを自分の使用人にしようとしていたそうだな。お前も使用人となって働けばいいだろう」

「嫌よ！」

使用人として働くなんてありえない。私は侯爵家に生まれたのに、そんな平民のような真似をできるわけがない！

「もういい。こいつを連れていけ」

「はい」

「お父様！　ごめんなさい！　謝るから、謝るから許して！　ねぇ！」

呼びかけても、お父様はもう私を見てはくれなかった。秘書に引きずられるようにして屋敷から出される。

御者に担《かつ》がれるようにして馬車に乗せられ、そのままグラッグ侯爵家へと連れていかれた。

グラッグ侯爵家の屋敷は初めてだった。バシュロ侯爵家よりも小さな屋敷だと思っていたら、案内された場所はそれよりもずっと小さな離れだった。案内した使用人は私を置いてどこかに行ってしまう。

こんな小さな離れに入りたくはなかったけれど、他に行くところもなく、仕方なくドアを開ける。

そこには使用人の服を着た、ボサボサの髪の中年の女がいた。化粧はせず髪も爪《つめ》も手入れされていない、みすぼらしい女。入ってきた私を見て、キッとにらみつけてくる。が……その目は見覚えがある？

「……まさか、お母様？」

「オデット……あんたのせいよ！」

「え？」

パンと音がして、頬を打たれたことに気がついた。お母様が顔をゆがめながら、何度も私の両頬を叩《たた》く。

「あんたがニネットを虐げたから！　婚約解消なんてさせるから！　全部、全部あんたのせいだわ！」

「やめて！　お母様！」

ニネットを虐げたのは、私だけじゃない。買い物をしたのも、お母様だって同じなのに。

しばらく私を叩いていたお母様は、力尽きるとその場に座り込んだ。埃《ほこり》っぽい床なのに、服が汚れるのも気にしていない。

「……お母様？　どうしてそんな姿に……」

「やめて……ここではただの使用人よ。あんたは学園があるし、カミーユ王子の婚約者だから働かされないけど。それも卒業までよ。卒業したら、ここから出ていかされるわ」

「そんな……」

こんな小さな離れでも、住む場所がないのは困る。カミーユに頼ろうにも、頼れるのかどうかわからない。

私がお父様の子じゃないってわかったら、愛人の子を嫌うカミーユには愛されないもの。

どうしてこんなことに。

たとえ、私がお父様の子じゃないとしても、お父様だって他で不貞して子を作ったのなら罪は同じじゃない。

なのにニネットは守られて、私は誰も守ってくれない。どうして私だけ、こんな目にあわなきゃいけないの？

次の日から、ぼろぼろの馬車に乗せられて学園に通う。今までいた教室は高位貴族用の教室だからと言われ、平民用の教室に連れていかれる。今まで見下していた平民と同じ教室で学ぶなんて認めたくなくて、すぐに飛び出して図書室へと向かった。

すれ違う令嬢たちにあからさまに笑われているのがわかる。

「やっぱり愛人の子だったんですって」

「信じられない。今までニネット様のこと、あんなに馬鹿にしていたのにね」

「夫人も平民落ちして、今では使用人として働いているんですってよ」

「そうなの？　じゃあ、私がオデット様を雇ってあげようかしら」

「あら、もう様なんてつけなくてもいいのよ」

「そうね。オデットを雇ってあげようかしら」

話しているのが男爵令嬢と子爵令嬢なのに気がついた。まさか下級貴族に馬鹿にされるとは思わず、文句を言ってしまう。

「馬鹿にしないで！　誰が下級貴族の家になんて行くものですか！」

「あら。平民のくせに生意気じゃない？」

「……あ」

そうだった。今の私は下級貴族にもえらそうなことを言えないのだった。

だけど、どうしても謝りたくなくて走って逃げた。後ろから笑い声が追いかけてきたけれど、耳をふさいで校舎から飛び出した。

その次の日から、教室には行かずに中庭の奥で時間をつぶす。学園に来たくはないけれど、グラッグ侯爵家の離れにいるのはもっと嫌だった。

カミーユが来たら何とかしてもらおうと思い、隠れて馬車が来るのをずっと待ち続ける。

ようやくカミーユが学園に来た時、もう限界に近かった私は抱き着いて泣いて訴えた。

「やっと来た！　カミーユなら私を助けてくれるでしょう⁉」

「……ちょっと、落ち着いて。人がいない場所に行って話そう」

私を引きはがそうとするカミーユを引っ張って中庭の奥へと連れていく。

「ずっとつらかったのにカミーユが来なくて、私どうしていいかわからなくて」

「1人にさせてごめん……今、どうしているんだ？」

「お母様の生家のグラッグ侯爵家の小さな離れに押し込められているの。食事も満足にもらえなくて、昼食を食べるお金もなくて」

「わかった。とりあえず王宮の俺の部屋に行こう」

「ありがとう！」

学園の授業も受けず、カミーユと王宮へと向かう。近衛騎士も侍女も何も言わず、カミーユの部屋へと通してくれた。なんだ、こんな簡単に王宮の部屋に来られるのなら、もっと早く来ればよかった。だけど、そうよね。カミーユと婚約しているのは間違いないのだもの。私がここにいても問題なかったんだわ。

あぁ、だけど。カミーユも学園を卒業したら王宮から出されるってお父様が言っていた。ここにいられるのはカミーユが追い出されるまで？　それまでにニネットを何とかしてルシアン様から引き離さなければ、私は幸せになることができない……。

「ねぇ、カミーユ。もうすぐ夜会よね」

「夜会だけど、俺は出席できないよ。オデットだって……」

「わかっているわ。そうじゃなくて、いいことを思いついたの」

10章　悲しみの婚約式

婚約式の3日前、執務室でルシアン様と本を読んでいたら、ドアが開いて知らない男性が入ってきた。

「ただいま、ルシアン」

「あぁ、父上。おかえりなさい」

「え？　ルシアン様のお父様？」

目の前まで来た男性は、にこやかに笑っている。金髪を後ろで1つに結び、眼鏡の奥には優しそうな青い目。

「ルシアンの父、ロベールだ。よろしくね？」

「父上、ニナだ」

ルシアン様のお父様にまでニナと名乗っていいのかと迷ったけれど、にこにこと笑ってくれているから大丈夫そう。

「ニナと申します」

「ああ、貴族名が違うのは聞いている。本邸にいる間は気にしなくていい。私の母上もそうだったからね」

「あ、精霊の愛し子だったたっていう……」

「そう。元は男爵家の令嬢だったから、王女になる時に名を変えられたそうだ。名前を取り上げられたことを母上は不満に思っていたよ。ニナもそうだろう。ここにいる間はニナでいてほしい」

「ありがとうございます」

ニナでいていい、じゃなくて、ニナでいてほしいという気持ちがうれしい。こんな素性《すじょう》もわからない私がルシアン様の婚約者になって、責められてもいいくらいなのに、なぜか喜んでくれている。

「最初に婚約すると聞いた時は、ルシアンも俺と同じように、王家から婚約を強要されたのかと思ったんだが。そうではなくてほっとしたよ。あの陛下がよくルシアンとニナを婚約させようと思ったな？」

「どうやら俺とニナを婚約させるつもりはなかったようだよ」

「ほう？」

「俺を婚約者選びの顔合わせに呼んだのは、それを理由に俺に婚約する意思があるとみなして、あとから本命の誰かを押しつけるつもりだったんだと思う」

「では、ニナは誰と婚約させるつもりだったと思うんだ？」

「おそらく第二王子のランゲルだ。だが、ニナが俺を選んでくれた。俺としても婚約するのがニナなら喜んで受け入れる」

そう言って、私を見て笑うルシアン様に恥ずかしくなる。お父様の前だから仲良く見せたいのかもしれないけど、婚約者として扱われるのは落ち着かない。

「そうか、本当にいい縁だったな。心配することはなかったか」

「大丈夫、心配することはないよ」

「それならよかったんだが、それにしても、表屋敷のほうは騒がしいようだね」

「ああ。あの2人がうるさくて。門を通さないように厳命《げんめい》しているけど、父上がいるとわかれば大騒ぎするかもしれないな。レジーヌのほうが特に」

「あのお嬢さんには困ったものだ。私の娘ではないと言ってもまったく聞いてくれない。そうか……婚約式に出席していたと噂になれば、騒がれるな。せっかくニナがいるんだし少しは長居したかったんだが、婚約式が終わったらすぐに領地に戻ることにしよう」

あの2人というのは、きっと元公爵夫人とその娘。ルシアン様のところに押しかけてきたというのは聞いた。話が通じないところはオデットに似ている。

家族だから大事にしろとルシアン様が言わないのは、自分が家族のことで苦労しているからに違いない。女性嫌いと言われていたのも、その2人のせいかもしれない。

公爵様とルシアン様から元公爵夫人と妹レジーヌ様の話を聞けば、離縁して夫人を追い出すまで、かなり大変だったらしい。

公爵様は精霊の愛し子ではないものの、生まれてすぐに精霊から祝福を受けたそうだ。そのため問題なく本邸に入れる。元公爵夫人には、結婚しても本邸の存在すら教えていなかったそう。

「表向き、結婚するまでは問題ない令嬢だったんだ。というか、ルシアンを産むまではおとなしかった。嫡男《ちゃくなん》を産んで、もう大丈夫と思ったんだろう。私がいない間に遊び歩くようになっていった」

「ルシアン様がいるのにですか？」

「ルシアンは乳母に任せっきり。あいつが面倒を見たことなんて一度もない。屋敷に帰ってきても、顔を見ることすらしなかった」

それは貴族らしい母親なのかもしれないけど、そんなんじゃルシアン様が母親に懐《なつ》かないのも当然。

見捨てられても自業自得《じごうじとく》じゃないかな。

「あまりにも遊び歩いているものだから、さすがに先代公爵の父が怒ってね。イヴェットの生家のマラブル侯爵に話をつけにいって、何年もかかってようやく離縁したんだ」

「その時、ルシアン様は何歳だったんですか？」

「たしか6歳だったかな」

公爵様に聞いたのに答えたのはルシアン様だった。

「覚えているんですか？」

「ああ、覚えてるよ。今まで見向きもしなかったくせに、離縁が決まった時に抱きしめられたんだ。ルシアンはお母様が必要でしょう？　って。香水臭《くさ》くて逃げ出したけどね」

「……それは最悪ですね」

「だろう？　今まで俺にさわったこともなかったくせに、急に必要かって聞かれても、必要ないと言うよね。そのあと、俺をさらおうとしたから、俺はあいつが侯爵家に戻るまで本邸に隠れていたよ」

自分の子どもをさらうって。ルシアン様をさらってどうする気だったんだろう。聞くのが怖かったから、黙っておいた。

「離縁して、マラブル侯爵家に戻したんだが、マラブル家の当主の、イヴェットの兄が追い出したんだ。邪魔だから再婚しろと言われてゴダイル伯爵家に。当時は驚いたけど、しばらくして娘を産んだから、意外とうまくいっているのかもしれないと思ったんだがなぁ」

「まさか公爵家の血を引いていると言い出すとは思わないよな。本当にゴダイル伯爵の娘じゃないとか？」

「そうかもしれんが、実の父親が誰かはわからない。ゴダイル伯爵は伯爵で、愛人を屋敷に連れ込んでいるとの噂だ」

「だから、居場所がなくて公爵家に来ようとしているのか……」

聞けば聞くほど、会わないほうがよさそう。ルシアン様を産んだ人ではあるけど、少しもいいところがない。

「というわけで、私はこれからもあまり王都には来ない。今回は婚約式に当主が出ないわけにはいかなかったから来たけど、今後は公爵領のほうに遊びにおいで？　待っているから」

「はい」

いつまで私がルシアン様の婚約者でいられるかはわからないけど、母様と逃げる時は、公爵領を通って他国に行こう。ジラール公爵領は隣国と接していて、自然豊かなところだという。

他国に逃げる前に、公爵様にお礼を言いに行こう。そのほうが少しでも長くルシアン様に関わっていられるかもしれない。

◆◇◆◇◆

婚約式の朝、軽めの食事をとったあとは、ミリーに手伝ってもらってドレスを着る。

婚約式は昼過ぎからの予定なのに、こんなに早くから準備するとは思わなかったから驚いたけれど、夜会の前なども同じように準備に時間がかかるらしい。

用意されたドレスはルシアン様の色に合わせて紫色。装飾品は金細工《きんざいく》の首飾りと耳飾り。どちらにも紫の貴石《きせき》がつけられている。

こんなに華やかなドレスを着るのは初めてで、なんだか恥ずかしい。着飾った私を見て、ルシアン様はどう思うんだろう。そわそわして待っているとドアがノックされる。

「はい」

「準備はできた？　表屋敷に行く時間だ」

部屋に入ってきたルシアン様は白のタキシード。緑色のハンカチーフが見える。緑色か……ルシアン様は素敵なのに、それがなんだか残念に思える。

顔に出てしまっていたのか、ルシアン様はハンカチーフを摘んだ。

「これが気に入らない？　俺も。本当は紫色にしたかったんだ。ニナの色の。だけど、できる限りニナの本当の姿を見せたくない。もし見せてしまったら、精霊の力は関係なしに、ニナを奪おうとするものが出てくるだろうから」

「そんなことはないと」

「そうなんだよ。そのくらい、ニナは美しい。それに、くだらない連中にニナを見せたくない。本当の姿は俺だけが知っていればいい。それじゃダメか？」

「……ダメじゃないです」

ダメじゃないけど、そういう言い方はずるい。ルシアン様が見つめながら言うから、勘違いしてしまいそうになる。

黙っていたら、手を差し出された。

「さぁ、行こうか。……婚約式の間は、何があっても落ち着いていていてほしい。絶対に、ニナの母上を助け出して見せるから」

「はい……」

そうだ。こんなところでぐずぐずしている場合じゃない。母様を助け出すために婚約式をするんだ。

あれから12年たって、やっと母様に会える。

ルシアン様に手を引かれ、表屋敷へと向かう。

廊下で髪と目の色を変えて、大きく息を吸った。

ジラール公爵家で夜会を開く時に使っていたという広間には、数十名の貴族たちが集まっていた。その中にバシュロ侯爵の姿もあったが、目を合わせないようにする。

広間の一角に祭壇《さいだん》が用意され、たくさんの花が飾られている。だけど、ここには精霊はいない。もし精霊教会側に精霊が見える者がいたとしたら、不審がられてしまうので、婚約式が行われている間は私たちに近寄らないようにお願いしていた。

もう準備は整って私たちも入場したのに、精霊教会の者は来ていない。すでに来ているはずの時間なのに、どうして。

その時、広間の扉が開けられ、騒がしい集団が入ってきた。先頭にいる太った男は見たことがある。あの時、私を捕まえて国王に会わせた者だ。

私を見て、つまらなそうな顔をする。期待外れというような顔なのは……あぁ、そうか。私が精霊の愛し子として役に立っていないからか。

集団の一番後ろに、教会の女性に腕を押さえられている母様がいた。教会の者と同じ服を着せられているけれど、あの頃と変わらない姿。背中まであるふわふわした茶色の髪。柔らかな緑色の目。

そうだった。私が茶色の髪と緑の目に偽装されたのは、母様の色だったからだ。

母様が私を見て口を開けた。何かを言っているが聞こえない。どうして聞こえないの？ と思ったら、ルシアン様が小声で教えてくれる。

「……声を封《ふう》じられている」

「なんてことを……」

母様は私に何かを伝えようとしているのに、何も聞こえない。

悔しくて教会の者たちに怒鳴《どな》りたかったけれど、ルシアン様と約束している。何が起きても、今日は取り乱さないと。

おとなしく精霊教会の者たちの指示に従い、婚約式は進んだ。邪魔されることなく、婚約式は最後まで終わる。

無事に終わったというのに、太った男はやはり面白くなさそうだ。私とルシアン様に聞こえるくらいの小声で文句を言われる。

「精霊の愛し子の婚約式だというのに、精霊の祝福すらないとは」

「……」

何を言っているんだろうと思ったけれど、言い返さない。

「ジラール公爵家の先代夫人が婚約式を行った時は、精霊が光を降り注いだという話だったのに。まったく期待外れもいいところですなぁ。次期当主殿、本当にこの女を妻にするつもりですかな？」

「精霊教会はいつからそんな無礼《ぶれい》を言うようになったんだ？　ニネットは次期公爵夫人なんだが。教会の司祭程度に侮辱《ぶじょく》されていい立場ではない。ただちに謝るように」

「なっ⁉」

「そうか。今後はジラール公爵家からの寄付はいらないということか」

「そ、そんな。……口が滑りました。撤回します」

それって謝ってないよねと思ったけれど、ルシアン様はそれ以上追及しなかった。

婚約式が終わり、精霊教会の者たちが帰っていく。

腕をつかまれて連れていかれる母様が、私に向かって何か叫んでいる。耐え切れなくて駆け寄ろうとしたけれど、ルシアン様に止められる。

「ルシアン様……」

「こらえるんだ……」

「わかってます、でも！　母様が……」

遠くなっていく母様に涙が止まらない。参列していた人たちも、母様が私の母だと気がついただろう。

あれが侯爵の愛人か、と言っている声がした。違う！　母様は愛人じゃないと叫びたかった。

悔しくて涙がこぼれそうになったら、ルシアン様が抱き寄せて隠してくれる。

「婚約式は終わった。本邸に戻ろう」

「……はい」


本邸に戻り、ミリーに手伝ってもらって着替える。着替え終わっても涙が止まらなかった。ミリーが出ていってすぐに、ルシアン様が部屋に入ってくる。私がまだ泣いていたからか、抱き上げてひざの上に乗せられる。

「よく頑張った。つらかっただろう」

「ううう……」

優しく髪を撫でられたら、余計に涙が出てくる。

「大丈夫だ。精霊にあとを追わせた。今夜中にはニナの母の居所《いどころ》がわかるはずだ」

「……本当に？」

「安心していい。あいつらは精霊が見えていない」

「精霊教会なのに？」

「教会のやつがそんなのばかりだから精霊が逃げ出すんだろう。まずは居所を突き止めて、様子をうかがう。必ず助け出す。だから、もう泣くな。ニナが泣くと……」

「泣くと？」

「……精霊が悲しむだろう？」

精霊が悲しむ？　窓の外を見たら、精霊たちが窓の外に張りついている。まるでこっちの様子をうかがっているように感じる。心配してくれているの？

精霊たちを見ていたら涙は止まった。もうひざの上から降りたほうがいいんだろうけど、自分から降りるとは言い出せなくて、そのままルシアン様の胸にもたれかかる。

今日くらいは甘えてもいいかな。母様に抱き着きたかったのに、近づくことすらできなかった。母様、私に何を言おうとしていたんだろう。助け出せたら、教えてもらえるかな……。

気がついたら眠っていて、あとのことはよく覚えていない。だけど、ルシアン様がずっとそばにいてくれたような気がした。


次の日、ルシアン様と昼食をとっていると、食事中だというのにパトがルシアン様に何かを手渡した。

急ぎの手紙？　それを開いて読んだルシアン様が、安心したように息を吐く。

「ニナ、母上の居場所がわかったよ」

「本当ですか！」

「ああ。婚約式に来ていた司祭の別邸の離れにいるようだ」

「司祭……」

あの太った男。あの男が母様を閉じ込めている。腹立たしいと思うのと同時に不安になる。

……母様は今まで何もされなかったのだろうか。

「……ニナが不安に思っているだろうから、調べさせた。場所が特定できたら母上の状況も探ってこいと。母上はどうやら精霊に守られているようだ」

「精霊に？」

「母上のそばに精霊の愛し子がいたんだろう。その者が精霊に命じている。精霊の力で母上を守れと」

「精霊が母様を？」

そんなのは初めて聞いた。母様が精霊に守られていたなんて。

旅をしている間、たしかに母様にも精霊が見えていた。人前では精霊に話しかけないように、注意されたのを覚えている。精霊が見えない人のほうが多いから、と。

自分が精霊の愛し子だとは捕まるまで知らなかった。だから、今でも精霊の愛し子がなんなのかをよくわかっていない。

「精霊の愛し子は遺伝《いでん》しない、と言われている。ジラール公爵家で続けて精霊の愛し子が生まれたことがないから、王家の者もそう思っているだろう。だが、本当は違う。精霊の愛し子から精霊の愛し子が生まれる可能性は高い」

「本当は遺伝するってことですか？」

「精霊の愛し子が遺伝するんじゃない。精霊に好まれる気質《きしつ》が遺伝するから精霊の愛し子になりやすんだ。あくまで可能性が高いだけで、確実じゃない。だけど、祖母はそのことを隠した。今までのジラール公爵家の歴史でも何人かは隠していたらしい」

「王家に利用されないためですよね？」

「遺伝するとわかったら、最悪なことが起こると予想できたからだ。王家は精霊の愛し子を捕まえて、無理やり子を産ませようとするだろう」

「……」

無理やり子を産ませる？　精霊の愛し子が産まれるまで？　もしかしたら、そうなったのは私かもしれない。

それをルシアン様のお祖母様が防いでくれた？

「自分や、自分の子がそんな目にあうのは嫌だろう？　だから祖母は叔父上の存在を隠した。それでもニナの母上のことは不安に思っていた。一度精霊の愛し子を産んだのなら、また産むかもしれないと、あいつらならそう考えてもおかしくない」

「そんな……」

「だから、母上の安全がわかるまではこの話をしなかった。もしかしたら、そうなっているかもしれないと思っていたから。精霊に守られていて、本当によかった。ニナの母上は精霊のことと関係なしに、美しいという理由で司祭から愛人にと狙われていたらしい。手を出そうとして、司祭は精霊に弾《はじ》かれたようだ。それ以来、男性は近づけず、女性が世話をしている」

「男性が近づけない……じゃあ、母様は何もされていないんですよね？」

「ああ、大丈夫だ」

その言葉に心から安心する。私が捕まった時、まだ母様は20代前半だったはず。愛人にしようとする者がいてもおかしくない。

「安心はしたが、すぐには助け出せない。しばらくは様子を見る。一度失敗すれば、監禁場所を変えられてしまう。失敗は許されないから、慎重にことを進める。それでいいか？」

「はい。確実に助け出すにはそれがいいんですよね。わかりました。信じて待ちます」

「ああ。絶対に助け出そう」

力強くうなずいてくれるのはルシアン様だけじゃない。パトやミリーもうなずいている。みんなが母様を助け出すために力を貸してくれている。

本当なら今すぐにでも助け出しに行きたい。その気持ちも、しばらくは我慢しよう。

食事を終えて、お茶を飲んでいると、もう1つの問題を思い出した。

「そういえば、そろそろ3学年の試験ですよね。どうなるんですか？」

「3学年の試験はさすがに受けなくてはいけないだろうけど、日程などについては決まり次第連絡が来ることになっている。学園で受けるのが難しければ、公爵家に教師を派遣するつもりらしい」

「学園で受けるのが難しいのは、カミーユ様とオデットのせいですよね？」

「ああ。カミーユ王子は学園を卒業したら王宮から出されることが決まった。文官になるのか、騎士になるのか、どこかに行くのかはわからないけれど」

「カミーユ様はオデットと結婚して、バシュロ侯爵家を継ぐのでは？」

「そのオデットだが、侯爵家の籍を抜かれたようだ」

「……は？」

オデットがバシュロ侯爵家の籍を抜かれた？　それって、大丈夫なの？　いや、大丈夫じゃないよね。

「オデットは家を継がないってことですか？」

「実は、ニナが学園で言ったのは本当だったらしい」

「え？」

「オデットは夫人が浮気してできた子だそうだ」

「はぁぁぁ？」

オデットが侯爵の娘じゃない？　まさか本当に夫人が浮気して??

「バシュロ侯爵夫人は、自分が浮気相手の子を産んでおきながら、私を愛人の子だって虐げていたっていうんですか？」

「そういうことになるな……。夫人は離縁して、オデットは籍を抜かれて、２人とも生家のグラッグ侯爵家に帰されている。籍を抜かれているから、平民になっている状態だな。カミーユ王子との婚約は王命だからそのままだが、学園を卒業したら２人とも働かなくては生きていけないだろう」

「オデットが平民になって働く……想像できないです」

「だろうな。だから、学園で会うことになれば揉めるだろうと。一応は王子と元侯爵令嬢だからな。どこで貴族家とつながりがあるかわからないから、完全に平民と同じに扱うわけにもいかない。かといって、公爵夫人になるニナに何かあっては大変。ということで、試験は公爵家で受けることになるだろう」

「……それは助かりますけど」

あまりにも想像していなかったことで、はぁぁぁぁぁと緩いため息がこぼれる。

オデットを貶《おとし》めるつもりはなかったのに、結果として愛人の子だと暴露してしまったことになる。これは恨まれていそうな気がする。知らなかったと言っても、聞いてくれないだろうし。

「バシュロ侯爵から問い合わせる手紙が来たけれど、ニナは何も知らなかったと答えてあるよ。自分が侯爵の子どもではないという意味で言ったんだと」

「そうです。まったく知らなかったのに……」

「逆にバシュロ侯爵はその答えに慌てていたようだ。ニナが侯爵の子どもじゃないと、俺が知っていることに」

「どうして慌てるんですか？」

「オデットを追い出したら、もう跡を継ぐのはニナしかいなくなると、そう言ってバシュロ侯爵家をニナに押しつけることができなくなるだろう？」

「まだあきらめていなかったんですか……」

「あわよくばって感じかな。妹の子どもを養子にするそうだよ」

「それならよかったです」

婚約式の時、顔を合わせて何も言われなかったのはそのせいか。下手なことを言って、精霊の愛し子だとバレてしまえば、国王と精霊教会から叱られるだろうから。

それから2週間が過ぎ、表面的には穏やかな生活を送っていた。母様は何をしているのか、いつになったら助け出せるのか、悩みがなくなることはない。

ルシアン様もそれには気づいていただろうけど、そんな時は私の頭を撫でて、困ったように笑うだけだった。

「ニナの母上を、夜会の日に助け出すことにした」

「夜会の日？　いつですか？」

「3週間後だ。その日は王都中の警備が王宮に集中するし、精霊教会の上層部も夜会に出席する。母上が閉じ込められている司祭の別邸は警備が手薄になるはずだ」

「その時に忍び込んで助けるんですね？」

精霊の力を借りるのなら、私も行きたい、そうお願いするつもりだったけど、お見通しだったようだ。

「俺とニナも夜会に出席する」

「ルシアン様と私もですか？」

「ああ。精霊の力を借りて助け出したのがわかれば、まず疑われるのはニナだ」

「それは……」

「だが、俺と夜会に出ていれば、ニナには不可能だったとわかる。それでも疑われるだろうが、陛下と精霊教会にはわからないはずだ」

精霊の力を借りて母様を。私もルシアン様も夜会に出るなら、じゃあ、誰が？

「誰が助けに行ってくれるのですか？」

「パトとミリーに頼む。私兵も動かすが、精霊の力が使える者が必要だ。精霊の祝福を受けている2人ならうまくやれるだろう」

「だから、パトとミリーが？」

「ミリーが行くのは、男性は母上をさわれないからだ。万が一、抱えなくてはいけないような時のためにミリーも同行する」

「なるほど……」

精霊の祝福を受けた者でも、精霊の力を使うことができるのなら、私だけを疑うことはないんじゃないかと思ったら、そうではなかった。

「この国の人間は精霊の祝福を受けたとしても、できるのは精霊を見るか、声を聞くかのどちらかだと思っている。精霊にお願いできるなんて知らないんだよ」

「それもジラール公爵家が隠しているからですか？」

「正解。どうやって精霊の祝福を受けるのかも知らないはずだ」

「精霊が勝手に祝福するのではないのですか？　ルシアン様は木登りするのに祝福をもらった

って言ってましたよね」

精霊に気に入られたら祝福をもらえると思っていたのに、それ以外もあるらしい。

「俺のように勝手にもらうこともあるんだが、それはめずらしいことなんだ。普通は精霊の愛し子が精霊にお願いするんだ。この者は信頼できるから祝福を与えてほしいと。もちろん、精霊が気に入らなかったら祝福は与えられない。そして、祝福は何度でも与えることができる。ミリーは叔父上からだけだけど、パトはお祖母様と叔父上から2回与えられた。それだけ強い精霊の力を使うことができる」

そういう仕組みになっているんだ……あれ、じゃあ。

「私が精霊にお願いしたら、3回目になりますか？」

「あ、そうだな。力は強くなると思う」

「じゃあ、お願いしてみます」

執務室の真ん中の木で遊んでいる精霊たちに呼びかける。

「ねぇ、精霊さんたち。お願いがあるの。私の母様を助けに行くために力を貸してほしいの。ルシアン様とパトとミリーに祝福をあげてくれない？」

〝わかった！〟

〝いいよ、ちょっと待っててね！〟

〝ルシアンって、もっと祝福を受け取れるんじゃないかな！〟

〝あ、本当だね。あと何回かかけても大丈夫そう！〟

〝ニナを守るためだもん！　もっといっぱい祝福しよう‼〟

「え？　あれ、いっぱい？　いいの？」

「……なんだか不安だな」

パトとミリーだけじゃなく、ルシアン様もって言ったのは、母様を助け出したあともルシアン様の力が必要だと思ったから。

初めて祝福をお願いしたからか、精霊たちがはしゃいで手がつけられない。

大丈夫なのかと思いながらも、精霊たちがルシアン様の周りを飛び回るのを見守る。

時折、えーいとか、わーいとか、精霊の声が聞こえる。

何度もルシアン様は光の玉をあてられて、まぶしそうにしている。

しばらくして、ルシアン様から精霊たちが離れたら、ルシアン様の髪色が銀色に変わっていた。

「ルシアン様……外見が精霊の愛し子みたいです」

「これはあくまでも祝福だが……外に出る時は姿を偽らないとな」

「やりすぎちゃったみたいで、ごめんなさい」

「いやいいよ。ニナを守るために与えられた力だ。ありがたく受け取るよ。あぁ、パトとミリーも驚いてここに来るだろうな」

その言葉通り、慌てたようなパトとミリーが執務室に入ってきた。

「ルシアン様！」

「精霊が！　今、私に祝福を！　どういうことでしょうか!?」

「2人とも落ち着いて。ニナのために精霊が力を貸してくれたんだ。これでニナの母上を助け出すのに十分な力になっただろう。安心して2人に任せることができるよ。頼んだぞ？」

「パト、ミリー。母様を助け出してきて。お願い」

パトとミリーは見つめ合って、力強くうなずいた。

「任せてください。何があっても、ニナ様の母君《ははぎみ》をお助けいたします」

「私もです。力を尽くして、見事助け出して参ります！」

「ありがとう！」

2人の周りには、たくさんの精霊たち。僕らも助けに行くよと言っているようで心強い。

「ルシアン様、今後のためにも、私も精霊の力を使えるようになりたいです」

「今後のためにも……そうだな。ニナは自分の身を守るためにも使えるようになったほうがいいな。本邸内でなら練習しても大丈夫だろう」

こうして、私も精霊の力を使う練習を始めることになった。ルシアン様とパトに指導され、少しずつ精霊の力を理解していく。

精霊にもできることとできないことがある。精霊は人を攻撃するのが苦手だ。

無理に力を使わせれば、精霊の命を削《けず》ることになる。

表向きには夜会の用意をしながら、母様を助け出すための準備も進めていく。

すべての用意が整い、夜会が開かれる日。私とルシアン様は着替えて王宮へと向かった。

本邸を出たからには余計なことは言わない。馬車を見送るパトとミリーに、視線だけでお願いする。

どうか、母様を助け出してきて。

11章　夜会の出来事

王宮へと向かう道は馬車でいっぱいになっていたが、その横をすり抜けるように公爵家の馬車は進む。

「いいんですか？」

「高位貴族用の出入り口は別だから」

「そうなんですね」

「カミーユ王子と婚約していたのに、夜会には出なかったんだな」

「国王と侯爵が私を目立たせたくなかったようです。夜会には出なくてもいいと言われていました。なので、カミーユ様から誘われたのですが断っていました。出なくてもいいのなら、社交界にはあまり興味がなかったので……」

学園に入ってから二度、カミーユ様から夜会に行こうと誘われていた。だが、精霊の愛し子だということを知られないようにか、国王と侯爵から出席しなくてもいいと言われていた。そのため、今まで公式行事に出席したことはなかった。

「それなら、カミーユ王子は残念がっていただろう」

「いえ、私が出席できない代わりにオデットと行っていました。公にエスコートできてうれしかったんじゃないでしょうか」

「あぁ、そこでもか。なるほどな」

なるほどと言った意味がわからなくて聞き返す。

「なるほどというのは？」

「多分、陛下にはニナとカミーユ王子を結婚させるつもりが、最初からなかったんだな」

「なかった？　仮の婚約だったということですか？」

「ああ。ニナが精霊術を使えるのなら、王族に残る第二王子の婚約者に変更する。使えないなら婚約を解消させて平民として放り出す、そんなところだろう」

「それはありそうです。あの時も、国王は第二王子と婚約させたいようでしたし。あれはまだ私が精霊の力を使えるかどうかわからないから、とりあえず婚約させておこうって感じでしたね。第二王子には大事な恋人がいるようですし」

「ああ、知っていたのか」

くすりと笑うルシアン様に、少しだけ面白くない。子ども扱いされるのは慣れているけれど、今は真面目な話をしているのに。

「あの時、精霊が婚約者候補の２人について教えてくれていました。だから、誰も選ぶつもりはなかったんです」

「そっか。精霊がニナを守ってくれてたんだな。……今日も、もし俺と離れることがあったら精霊の力を使うんだ」

「王宮で使っても大丈夫ですか？」

「知られたら面倒なことにはなるだろうが、使わずにニナが危険な目にあうほうが困る。どうしようか迷ったら、使うんだ。いいね？」

「わかりました」

話が終わったところで、がたんと馬車が止まる。王宮の奥に止まったらしい。

王子妃教育の時には、こんなに奥まで来なかった。

「公爵家用の控室が奥にあるんだ。そこにまずは案内される。ニネット、手を」

「はい」

ルシアン様が私をニネットと呼ぶのは、誰かが聞いている時。よそ行きの表情に切り替えて、ルシアン様の手を取る。

今日も紫色のドレスを着ているが、婚約式とは違うものだ。あまり広がりすぎないスカートの部分に、同じ紫色で編んだレースが重ねられている。少しだけ大人っぽいデザインだが、露《ろ》出《しゅつ》は少ない。ルシアン様がダメだというので、胸元はしっかり閉じられている。

公爵家の控室で待機していると、もうじき入場だと知らされる。ルシアン様の手を取って、大広間に向かう。


会場に入ると、一斉に人の目が集まった。……これは、ルシアン様が見られているんだ。

「周りは気にしなくていい。王族が入場したら、一番に挨拶に行くよ」

「わかりました」

王族が入場してくる間も、令嬢や夫人からの視線はルシアン様に集まったままだった。

国王と王妃が入場し、夜会の開始が告げられる。

あれ。カミーユ様が入場してこなかった。

一応はまだ王族なんじゃ……。不思議に思ったけれど、ここで聞くことはできない。

「さぁ、行こう」

「はい」

ルシアン様にエスコートされて、王族席へと向かう。国王と王妃、初めて会う王太子アンドレ様、第二王子のランゲル様の前に立つ。

「婚約式は終わったんだな？　ルシアン」

「ええ。無事に終わり、ニネットとの婚約が調《ととの》いました」

「そうか。２人とも、今後も臣下として尽くすように」

「はい」

ルシアン様が礼をするのに合わせて、私も頭を下げる。何も言わなくていいのなら楽だと思っていたら、アンドレ様に声をかけられた。

「その令嬢がルシアンの婚約者か。名前は？」

「……ニネット・バシュロと申します」

「ふぅん。意外と悪くない容姿だが地味だな。どうしてランゲルではダメだったのか？」

「……」

何か怒っているような気がしたのは、これか。私がランゲル王子を選ばなかったことが気に入らないとか？

どう答えたらいいのかわからずに黙っていたら、ルシアン様が庇ってくれる。

「アンドレ王太子、ランゲル王子にはもっとふさわしい令嬢がいるでしょう」

「……まぁ、そうだな。行っていい」

「はい」

アンドレ様もランゲル様に恋人がいると知っているらしい。ここでそれを言われたら困るのか、話を切り上げた。

ほっとして移動すると、ルシアン様に果実水を渡される。

「いつもならすぐに帰るんだが、今日はそうもいかない。今のうちに水分補給しておいて。俺以外から渡されたものはぜったいに口にしないように」

「はい」

緊張していたからか、のどが渇いていた。果実水を受け取って飲み干すと、後ろから声をかけられる。

振り返ったら、派手な赤いドレスの女性だった。ルシアン様がすぐに動いて私を背に隠した。

「ようやく会えたわ。あなたがルシアンの婚約者ね？」

「近づくなと言っておいたはずだが」

「そういうわけにはいかないわよ。義娘になるんだもの」

義娘？　では、この女性がルシアン様の母親……。黒髪の夫人は美しい顔立ちだとは思うけど、厚塗《あつぬ》りの化粧で、赤いドレスもどう見ても派手だ。その上、髪を下ろしている。

この国の夫人は髪をまとめるのが基本だと思っていたのに、令嬢のように下ろしたまま髪飾りをつけている。

その後ろからのぞくように、もう1人の女性がいた。私より少し年上の令嬢で、やはり赤いドレスを着ている。

こちらも顔立ちは整っているけれど、派手な感じだ。どちらもルシアン様の家族には見えない。

「ふふふ。少しは綺麗だけど、地味ね。お兄様には似合わないんじゃないかしら？」

「そうね。ドレスも地味だし、お化粧も地味。私たちが教えてあげなきゃダメみたいねぇ」

「いらない。お前たちみたいになったら困る。ニネットには近寄るな」

くるりと背を向けて、ルシアン様は私の腕を引っ張る。追いかけてくるかと思ったのに、2人は来なかった。

「あれが話していた母親と、再婚先で生まれた妹ですね？」

「ああ。一度話しかけてくれば、もう来ない」

「一度だけですか？」

「そうだ。あれは、周りの夫人や令嬢に見せつけるためだ。自分たちは公爵家と関わりがあるんだと。何度断ろうと、伯爵家に苦情を言おうと、気にしないんだ……。疲れるから、関わらないことにしている」

「それは……大変ですね」

たしかに人の話を聞かなそうな人たちだった。オデットとはまた違う感じの、困った夫人と令嬢。

その2人に、夫人や令嬢たちが群がっていくのが見えた。

「……意外と、人気なんですね？」

「あれは人気があるのとは違う。あの2人は、自分たちの気に入った女性を俺に紹介すると嘘を言っている。俺の婚約相手を決めるのは自分たちだと言っていたこともある」

「そんなの信じるんですか？」

「信じるような者だけ相手にしているんだ。多分、今は俺がニネットと婚約したのは王命だから仕方ないが、愛人として紹介するとでも言っているんじゃないのか？」

「愛人ですか……」

2人の行動を説明しながらうんざりした表情のルシアン様に、これじゃ女嫌いにもなるなと思ってしまう。

母親と父親違いの妹。一番近い女性にそんなことをされているのでは、近づいてくる女性を信用するのは難しかったに違いない。

見ていたら、あの2人と話していた令嬢たちが、こちらに向かってくる気配がした。

「はぁぁ。ニネット、踊れるよな？」

「一応は。夜会で踊るのは初めてですけど」

王子妃教育を受けているので、一通りは踊れる。実際に踊ったことはないけれど、なんとかなるはず。

寄ってくる女性たちの相手をしたくないからか、ルシアン様は私の手を取って広間の中央へと出る。

周りにいた者たちがルシアン様を見て声を上げる。

「あのルシアン様が令嬢と踊るの？」

「形だけの婚約じゃなかったのか？」

「女性嫌いが治ったのかしら……今なら、お相手をしてくれるかも？」

どうやらルシアン様も、夜会で踊るのは初めてらしい。あちこちから驚きの声が聞こえてくる。

「悪いが、女性が寄ってこないように相手してくれ」

「……逆効果のようですよ。令嬢たちが期待する目で見ています。一度踊ったら、誘いやすくなると思ったのでしょう。曲が終わった瞬間、ルシアン様を誘いに来ると思いますよ」

「嘘だろう……」

「仕方ないので、曲が終わったらすぐに廊下に出ましょう。控室までは追いかけてこないのでは？」

「わかった。俺が香水の匂いに酔ったことにしよう」

本当に酔ったのではないかと思うほど顔色が悪い。いつも夜会では国王に挨拶したら帰っていたと聞いている。

こんなに長い時間、夜会の会場にいたことはなかったのだろう。

曲が終わった瞬間、こちらに向かってくる女性たちから逃げて、急いで廊下へと向かう。

追いかけてきそうだったけれど、大広間から出たらさすがに来なかった。

「……夜会って大変なんですね」

「ああ、もう疲れた」

ため息をついて控室に向かおうとすると、近衛騎士に声をかけられた。

「ジラール公爵令息、バシュロ侯爵令嬢、王太子殿下がお呼びです。こちらへ」

「なに？」

「お二人と話がしたいとのことです」

アンドレ様が私たちと話をしたい？　ルシアン様も予想外だったらしく、顔を見合わせる。

どうやら断るのは難しそうだ。うなずいて、近衛騎士のあとをついていく。

公爵家の控室を通り過ぎた奥に王族の控室はあった。大きなドアを開けると、中にはアンドレ様だけがいた。

ソファに座ったまま、向かい側に座るように指示される。ルシアン様と並んでソファに座ると、アンドレ様は私の顔をじろじろと見た。

なんだろう。さっき挨拶した時は怒っているのかと思ったけど、違う気がする。これは品定めされている？

やっと視線を外されたと思ったら、ルシアン様に問いかける。私には話しかける価値もないと思っているような感じ……。

「なぁ、この女は精霊の愛し子なんだろう？」

「それは陛下から聞いたのですか？」

「そうだ。ランゲルとカミーユは知らない。俺には話しておくと言われたが、母上も知らないようだな。精霊の愛し子は綺麗な銀髪だと聞いたのだが、どうして色が違うんだ？」

「それは精霊教会の者が精霊術で色を変えたようですよ」

「自分で戻せないのか？」

「ニネットは精霊術が使えません。俺も解除できないか試してみましたが、精霊教会の者がかけたものを解除するのは無理でした」

「ふうん」

ルシアン様でもダメだったと言われても納得できないのか、アンドレ様が精霊術で私の髪色を戻そうとする。

だが、王宮内にいる精霊は私の味方だ。精霊たちはアンドレ様の精霊術に囚われる前に部屋から逃げ出している。

何度か試して、それでも何も起きなかったからか、アンドレ様はつまらなそうに、もういいと言った。

「精霊の愛し子を見たかったが、本当に何もできないのだな。……はぁ。父上も平民に騙されるとは」

「用件がそれだけなら、帰ってもいいでしょうか。あまり夜会は長居したくないので」

「ああ、そうだったな。夜会に来ても、いつも早くに帰っていたな。だが、父上がルシアンを呼んでいる。お前にだけ話があるそうだ。このあと、父上のところにも寄っていけ」

「……陛下がですか」

「その女は公爵家の控室で待たせておけばいいだろう。近衛騎士に送らせる」

「……わかりました」

国王がルシアン様を呼び出すのは、婚約式で私を母様に会わせて、何か変化があったか聞きたいのかな。

私を1人にするのが不安なのか、ルシアン様は困った顔をしている。だが、国王に呼び出されて行かないわけにもいかないし、私を連れていくわけにもいかない。

廊下に出て、ルシアン様に大丈夫だと伝える。

「近衛騎士に案内してもらいます。控室で待っていますね」

「ああ、すぐに戻る」

すぐに戻れるかどうかは国王次第だろうなと思いながら、近衛騎士の案内で公爵家の控室に向かう。

当然だが、部屋には誰もいない。1人で待つのは退屈だが、仕方ない。飲み物もルシアン様がいない場所で口にするのはダメだろうと、ソファに座って待つことにする。

少しして、ドアがノックされる。返事をすると、近衛騎士が部屋に入ってきた。

「国王陛下がお呼びです。バシュロ侯爵令嬢とも話したいそうです」

「私も？」

なんだろう。精霊術が使えるようになったか、直接聞きたいのだろうか。近衛騎士に案内されてついていくと、王族の控室とは反対側に向かっている。

国王はまだ夜会の会場に？　でも、そんな場所でルシアン様と私に話そうとするだろうか。おかしいと思いながらも後ろをついていく。

着いたのは大広間ではなく、どこかの客室のようだ。こちらですと言われ、中に入るが誰もいない。

やはり客室のようで、応接間の奥に寝室が見える。こんな場所に連れてきてどうするつもりなのかと振り返ったら、近衛騎士は何も言わずに部屋から出ていく。

「え？」

どういうことなのか近衛騎士に聞こうと、ドアを開けようとしたら開かない。

鍵がかけられているようだ。

「……閉じ込められた？」


近衛騎士のあとをついていくニナを見送って、俺も別の近衛騎士に案内される。

陛下の呼び出しはニナの件だろうな。母親に会わせたのだから、精霊術を使えるようになったのではないかと。

王族の控室から一番奥の部屋に陛下はいた。貴族たちの挨拶が終わり、控室で飲んでいたらしい。

機嫌はあまりよくなさそうだ。

「来たか、ルシアン」

「はい」

「話はニネットのことだ。婚約式で母親に会ったのだろう？　少しは精霊術が使えるようになったのか？」

「今のところはまだです。ですが、死んだと思っていた母親が生きていたことで、少しは落ち着いて生活するようになったと思います」

「ほほう」

ニナに変化があったことがうれしいのか、陛下はにやりと笑う。

だが、それよりも気になったことがある。

「ところで、どうして王太子とニネットを会わせたのですか？　さきほど私とニネットは王太子と話しましたが、あれは陛下の命令ですよね？」

「ああ、そうだ。アンドレはニネットを気に入らなかったようだがな」

「……気に入る必要はありますか？」

あきらかに王太子はニナに興味がなさそうだった。それなのにわざわざ呼び出してまで会ったのは、陛下がそう命じたからに違いないと思った。

まだ精霊術を使えるかどうかもわからないニナに、なんの用が？

「ニネットは、アンドレのものだ」

「は？」

「精霊術が使えるようなら、側妃にする。使えなかったら、そうだな。平民の愛妾《あいしょう》にでもするか」

「……いったい何を。ニネットは私の婚約者ですが？」

「平民の血をジラール公爵家に入れられるわけがないだろう」

「どういうことです？」

婚約式までしたのに、結婚を認める気がないのか？　たしかにニナは平民だが、一応はバシュロ侯爵家の娘として籍を置いている。結婚するのに問題はないはずだ。

「ニネットはバシュロ侯爵の娘ではない。ルシアンも、それを知ったんだろう？」

「それは……」

「だとすれば、平民の血しか流れていないニネットを、公爵夫人にすることはできない」

「それなら、なおさら王太子の側妃にはできないはずですが？」

「だから、精霊術を使えるようになれば、と言っている」

「……？」

「期限はニネットが学園を卒業するまでだ。卒業時に使えるようになっていれば、侯爵の娘として側妃に。使えなかったら侯爵の娘ではなかったとして、平民に戻す」

陛下が何をしようとしているのかはわかったが、

「その場合、愛妾にする意味がわかりませんが？」

「今まで貴族として生活させてやったんだぞ？　母親の面倒まで見てやっている。その費用を返す必要があるだろう。それに、愛妾にして孕《はら》ませたら、精霊の愛し子を産むかもしれないだろう?」

「……」

このクズ野郎……いい加減にしろと言いたいが、陛下が腐っている、いや、この国が腐ってるのは前からわかってる。

今さらだったと思い直した。

「ニネットと婚約して情がうつったかもしれないが、ニネットは平民の血しか持たない。公爵夫人にすることは認めない。可哀そうだと思うのなら精霊術を使えるようにさせて、アンドレの側妃にしてやるんだな」

「……わかりました。失礼いたします」

用件はこれだけだろう。手のひらで出ていけと合図をされ、会話は終わった。


ニナさえ嫌でなければ、このまま結婚してもいいと思っていた。きっと精霊の愛し子は、どこに行っても落ち着いて生活できないだろうし、ジラール公爵家なら守ってやれると思っていた。

だが、卒業までか。それまでに、どうにかして逃がしてやらないといけないようだ。

とりあえず、気持ちを切り替えて公爵家の控室へ向かう。ニナが1人で待っている。不安な気持ちでいるだろう。

公爵家の控室のドアを開けたが、そこには誰もいない。廊下にいる近衛騎士に声をかける。騎士なのに前髪が長いせいで顔が見えにくいが、さきほどニナを案内した近衛騎士とは違うようだ。

「ここで婚約者が待っているはずなのだが、いない。心当たりはないか？」

「あ、はい。少し前に部屋から出ていかれましたよ」

「出ていった？　1人でか？」

「はい。向こうへ行かれましたが、一緒に探しましょうか」

「向かった方向へ案内してくれ」

「わかりました」

近衛騎士の後ろをついていくと、どうやら客室のほうへ向かっている。ニナが1人でそんなところに向かうわけはない。そう思いながらついていく。

近衛騎士は通りかかった女官に声をかけた。

「紫色のドレスを着た、茶色の髪の令嬢を見なかったか？」

やけに厚塗りの化粧で眼鏡をかけた女官はうつむいたまま近くの部屋を指した。

「その令嬢なら、あそこの部屋に入っていきました。令息と一緒に」

「どの部屋だ？」

令息と一緒に客室に入っていった？　これは何かの罠《わな》だなと思いながらも、ついていく。

客室に入ると、中には1人の令息がいた。あちこち部屋の中を探したようで、物が散乱している。

「ああ！　いないんだ！　ニネット嬢が消えた！」

「は？　消えたって、どういう？」

「部屋に入った時にはいたんだ。奥の寝室に逃げたと思ったら、探してもいない！」

「どこかに隠れているんだわ！」

なぜか近衛騎士と女官までニナを探そうとする。慌てている令息は見たことがある。

たしか、オスーフ侯爵家のカルロだ。

あの時の、ニナの婚約者候補だったはずだが、女好きでも有名な令息だ。

ニナは精霊に情報を教えてもらったから選ばなかった、と言っていたな。

その令息がここにいて、ニナと2人きりでいる予定だった？

よく見れば近衛騎士と女官の横顔にも見覚えがある。２人ともニナがいないことに焦っているのか、顔を隠していたのも忘れて部屋のあちこちを探している。この者たちが何をしようとしていたのかわかったが、ニナはどこに隠れているのか。

すると、部屋の入り口の壁際にニナがいた。精霊の力を借りて、姿を見えなくしていたらしい。

私と目が合うと、安心したように笑う。

部屋の中でまだ探している3人に気づかれないようにドアを開けて、ニナには外に出るように指で合図をする。

「ここにはいないようだから、他を探しに行く」

「え、ちょっと待って。ここにいるのは間違いない」

「いや、婚約者には、王宮内で迷って俺と合流できない時は、馬車に戻るように言ってあるんだ。公爵家の馬車には護衛を待機させているから」

その言葉を聞いて、ニナは廊下へと出ていった。これで馬車へ向かってくれるはずだ。

だが、それでも俺にニナの浮気を見せたい3人は、食い下がろうとしてくる。

「ここにその令嬢が入っていったのは間違いないんです！」

「ええ、そうです！　僕はこの部屋に誘われて、ニネット嬢と一緒にいました！」

何か脅されてでもいるのか、カルロまでそんなことを言い出す。もうニナの居場所はわかったし、これ以上つきあうことはない。廊下にいた近衛騎士を手招きして呼ぶ。

「どうかしましたか？」

「ここにいる近衛騎士と女官は偽者《にせもの》だ」

「「「っ！」」」

「胸に階級章がない。捕まえて牢に連れていけ。公爵家の控室前をうろついていたんだ。何か企んでいたに違いない。ジラール公爵家の次期当主として、取り調べを依頼する」

「はっ！　すぐに！」

近衛騎士が警笛《けいてき》を吹くと、わらわらと騎士たちが集まってくる。

3人は違うんだと言い訳をしていたが、そんなことは関係ない。近衛騎士と女官ではない者が、制服を着てこんな場所をうろついている。その事実だけで牢に入れることができるのだから。

「俺は、王子だ！　見てわからないのか！　彼女は貴族令嬢だぞ！」

「そうよ！　さわらないでちょうだい！」

それを聞いて近衛騎士が俺に判断を仰ぐが、そのまま牢に入れるように命じる。

途中からカミーユ王子とオデットだと気がついたが、だからといって無罪にするつもりはない。2人が姿を偽って王宮内をうろついていたことの処罰は受けさせなくてはいけない。ついでに、怪しい行動をしたカルロも貴族牢に入れて、オスーフ侯爵に引き取りに来いと言っておく。

いくら子どもに甘いオスーフ侯爵でも、さすがに反省してもらわなくてはいけない。

3人が近衛騎士に連行されていったのを見て、馬車へと向かう。着いたら、ニナが中で待っていた。

「大丈夫だったか？」

「はい！　問題ありません！」

「それならよかった。帰ろうか」

「はい！」

12章　出来事の裏側

客室に閉じ込められた時には焦ってしまった。何かあれば精霊の力を使うように言われていたけれど、鍵を開けても廊下で待ち構えているかもしれない。

下手なことをすれば、逃げ出せないだけでなく、精霊の力を使えることまで知られてしまう。

精霊たちを呼び寄せたのはいいけれど、どう使うか迷っていたら、ドアが開いて令息が入ってきた。

見たことがあると思ったら、婚約者選びの時に会った、オスーフ侯爵家のカルロ様だ。

「ふふふ。待たせてしまったみたいだね。あの時はふられたけれど、仲良くしようね？」

うれしそうに笑うカルロ様に、これはまずいと思った。だけど、逃げようにも寝室しかない。

とっさに思いついたのは精霊に隠してもらうことだった。寝室に逃げ込むと同時に姿を消してもらい、入り口付近の壁際に立って隠れていた。

姿を見えなくしても、さわられたらわかってしまう。何もない壁なら、探そうとはしないだろうから。

カルロ様が寝室のあちこちを探しているうちに、ドアを開けて逃げようとしたけれど、鍵がかけられている。

カルロ様があきらめて出ていくのを待つしかない。そう思っていたら、近衛騎士と女官が入ってきて騒ぎ始めた。

その後ろからルシアン様が入ってきたのを見て、もう大丈夫だと安心できた。

一足先に廊下に出て、馬車へと急いだ。途中、人がいない場所で姿を見えるようにしてから馬車に戻り、ルシアン様が来るのを待つ。

「大丈夫だったか？」

「はい！　問題ありません！」

「それならよかった。帰ろうか」

「はい！」

心配そうに聞かれたけれど、何もされていない。あのまま姿を隠さないでいたら、何をされたかわからないけれど。

「あれはなんだったんですか？」

「ああ。あの3人は協力してニナを襲おうとしていたようだ」

「それはなんとなくわかりましたけど……」

カルロ様が女好きで愛人がいるのは知ってたけど、私を襲うような人には見えなかった。

「ニナが浮気しているところを俺が見たら、婚約破棄をして公爵家から追い出すとでも考えていたんだろう」

「カルロ様はどうしてそんなことを？」

「企んだのはカルロじゃないな。気がつかなかったか？　あそこにいたのはカミーユ王子とオデットだぞ」

「……え？　カミーユ様とオデット⁉」

それって、近衛騎士と女官の2人？　言われるまで気がつかなかった。

というか、部屋に入るなり騒ぎ出していたけれど、私は外に逃げるのに必死で、顔なんて見ていない。

「王宮内で近衛騎士と女官の服を着てうろついていたんだ。牢に入れて調べるように言ってある。ついでにカルロも」

「牢に……王子なのに大丈夫ですか？」

カミーユ様とオデットに恨まれているかもしれないとは思っていた。だけど、そんなことをしたら余計に大変になるって、思わなかったんだろうか？

「自分でしたことの責任を取らせるだけだ。姿を消さないでいたら、ニナはひどい目にあわされていただろう。だから、気にしなくていいんだ」

「それはそうですけど」

「それよりも、このあとのことはわかっているよね？」

このあと……きっと母様がいなくなったことに国王と精霊教会が気づいて、探しに来る。ジラール公爵家が一番疑われるはずだ。

「私とルシアン様は表屋敷で過ごすんですよね？」

「ああ。準備はさせた。本邸へ続く渡り廊下から先は見えないようにしてある。表屋敷をくまなく探して、いないとあきらめるだろう。落ち着くまでは俺たちも本邸へは行けない。母上に会わせるのは少しあとになる……我慢できるな？」

「大丈夫です。母様が安全な場所にいるとわかっているなら、今は会えなくても大丈夫です」

「うん、必ず会えるから。数日もすればあきらめるだろう」

「はい」

慰めるように私の頭を撫でながら、ルシアン様は窓の外を見る。……少しだけいつもと違う。このあとのことを心配しているんだろうか？

ジラール公爵家に着くと、表屋敷の2階に案内された。そこには、ルシアン様と私の部屋が用意されていた。

「え？　部屋がつながっている？」

「一応は当主と夫人の部屋だからな。あとは、おそらく騎士たちが屋敷内をうろつくことになる。ニナと離れるのは危険だ」

「私が何かされるかもしれないと？」

「俺には何もできなくても、ニナになら強めに尋問《じんもん》していいと思っているかもしれない。だから、絶対に俺から離れないように。そのために、寝る時も離れないように続き部屋にしたんだから」

「そういう理由ですか。わかりました」

婚約して一緒に住んでいるのだから、夫人の部屋にいてもおかしくないのかもしれない。

初めて入った部屋だけど、普段から使っているように見せるためか、クローゼットの中にはドレスやワンピースがかけられていて、引き出しの中には下着などがすべてそろっていた。

鏡台《きょうだい》には使いかけの化粧品などが置かれ、本当にここで生活しているように見える。

「とりあえず、俺はデニスと話してくる。その間にドレスを脱いで着替えておいて」

「わかりました」

表屋敷の侍女たちが部屋に入ってきて、ドレスを脱がせてくれる。湯あみの手伝いは、１人でできるからと断った。

夜着の上にガウンを羽織って浴室から出ると、ルシアン様が戻ってきていた。

「先に休んでいていいよ。俺も湯あみしてくる」

「あ、はい」

そうか。ルシアン様も同じ浴室を使うんだ……。なんとなく、いけないことをしてしまったようで落ち着かない。

見かねた侍女がソファへ座るように声をかけてくれる。

冷たい果実水を飲み干したけれど、やっぱり落ち着かなくて、ルシアン様が浴室から出てくる前に自分のベッドにもぐり込む。

眠れないかもしれない、そう思ったのは一瞬で、初めての夜会の疲れがあったのか、眠ってしまっていた。


なんだか騒がしい……窓の外から誰かが叫んでいるのが聞こえる。

「……ニナ、起きている？」

「はい」

「部屋に入るよ」

続き部屋のほうからルシアン様が入ってくる。まだ早朝なのか、薄暗い。

「こんな早朝から来たようだ。念のため、ニナはこっちに来ていて」

「こっち？」

どこに？　と思ったら、ルシアン様に抱きかかえられる。そのまま隣の部屋の、ルシアン様のベッドに連れていかれる。

「ここで寝ていて。きっと、ここに来るだろうから」

「……わかりました」

もぐり込むように言われ、布団《ふとん》の中でじっと待つ。ルシアン様が言う通り、荒々しくドアをノックされた。

「誰だ？」

「失礼しますよ。王宮警備隊長のドミニクと申します」

「こんな早朝に、しかも寝室まで押しかけてくるとはどういうことだ？」

「申し訳ありませんが、陛下の命令です。夜会の最中に大事なものがなくなったため、屋敷内を捜索《そうさく》させていただきます。拒否権はありませんので、ご協力ください」

王命による捜索であれば、私兵たちも止められない。だからといって、寝室まで押しかけてくるなんて非常識だ。

「夜会の最中に紛失？　陛下の命令だと言うのなら、屋敷内を探すのはかまわない。だが、さすがに婚約者の部屋は女性騎士に探させるようにしてくれ。いくらなんでも、引き出しの中を男性に見せるわけにはいかない」

引き出し？　と一瞬思ったけれど、警備隊長は人を探しているとは言わなかった。大事なものと言われたら、普通は装飾品か何かだと思うはずだ。それなら私の部屋の引き出しを探さないわけがない。

「……かしこまりました。そこは女性騎士にさせましょう。それでは、屋敷内のどこを捜索してもかまいませんね？」

「ああ、問題ない」

「わかりました」

警備隊長が指示を出し、外で待機していた騎士たちが屋敷内になだれ込んでくる。その勢いに驚いていると、ルシアン様に優しく髪を撫でられる。

「大丈夫、陛下が何をなくしたのかわからないが、この屋敷ではないところで見つかるだろう。もう少し落ち着いたら、着替えてもいいか確認しよう」

「……はい」

ルシアン様は騎士に聞かれてもいいように話している。私は下手なことを言わないほうがいいので、怯《おび》えているふりをして、布団の中に隠れていた。

女性騎士が私の部屋を捜索したあと、ようやく着替えてもいいと許可が出た。

女性騎士の立ち合いの下、室内用のドレスに着替えてルシアン様と朝食をとる。その間も、屋敷内のあちこちで人が行きかう音がする。

「屋敷内を全部捜索するって、どのくらいかかるんでしょう？」

「屋敷は広いし、使用人棟と私兵棟もあるからなぁ。1日じゃ終わらないかもしれないな」

「そうなんですね」

この会話をしている間も部屋の中には騎士がいる。監視されているようだが、気にしないようにして食事を終えた。

さすがにルシアン様はこの中で仕事をする気はないようで、私に勉強を教えてくれることになった。いつ試験があるかわからないけれど、できる時にしておかないと。


次の日も、私とルシアン様は部屋から出られなかった。

必ず見つけるつもりで探していたのか、警備隊長がイラつき始めたのがわかる。

「ジラール公爵令息、何か隠しているのではないですか⁉」

「隠すと言われてもな。いったい何を紛失したんだ？　ネックレスか？　指輪なのか？　それがわからなければ、こちらとしても探しようがない。ただ、俺たちは夜会に行って、何も持ち帰っていないぞ？」

「……そうですか」

警備隊長は何を探しているかを言っていない。紛失したものを捜索するとだけ。いなくなった母様を探しているとは言わない。

もしかしたら、私が関わっていないかもしれないから、母様がいなくなったとは言わないんだろうか。

母様が自分で逃げた可能性もある。私がそれを知れば、私をここにつなぎとめるものがなくなる。母様が消えたままだとしても、私がそれを知らなければ、脅し続けられるとでも思っているんだろう。

散々探しても見つからないからか、4日目の昼になると、警備隊長と騎士たちは撤収《てっしゅう》して王宮に戻っていった。

見つからなかった場合、どうなるんだろう？　他の場所を探しに行くんだろうか。

ルシアン様が何をなくしたのかと王宮に問い合わせる手紙を送ったところ、他の場所で見つかったからもういいとの返事が来た。

「やはり、母様のことは私に知らせないつもりなんですね」

「そうだろうな。調べた結果、ここにはいないし、ジラール公爵家は関わっていないと判断したんだろう。その場合は、ニナには知られたくないはずだ」

「本当に……」

どこまでも王家は、陛下は腐っている。そう言いたかったけれど、途中で言うのをやめた。ここで言っても仕方ない。

「あと数日はこのままで。油断させて、また来ると困るから」

「はい」


それから5日間は様子を見て、もう探しには来ないだろうと判断した。母様は自分の力で逃げ出して、国外へ出ていったと思われたようだ。これも、そう思われるようにパトが仕掛けていた。

明日には本邸に戻ろうとルシアン様と話していた時、王宮から手紙が届いた。ルシアン様は複雑そうな顔をして手紙を読んでいた。

「何かあったんですか？」

「カミーユ王子とオデットを、牢に入れろと指示したまま忘れてた。もう1週間以上たっているな」

「私も忘れてました……」

そういえば、夜会の時に襲われそうになって、ルシアン様が2人を牢に連れていかせたって言っていた。もしかして、そのまま牢に入ってる？

「明日にでも王宮に行って確認してくる。ニナは先に本邸に戻っていてくれ。あの２人の処罰《しょばつ》に関して何か希望はあるか？」

「うーん。特にないです。もう家族だから仲良くしようとは、言ってこないですよね？」

「さすがに血がつながってないのは理解したと思うが」

「じゃあ、あとは関わらなければいいです」

「わかった」

未遂《みすい》だったし、私は同席すらしていなかったことになっている。それよりも、王宮内で身分を偽ったことのほうが重罪だろう。ルシアン様と王家で話し合いでもして決めるのかな。

◆◇◆◇◆

ルシアン様を見送ったあと、パトやミリーと表屋敷の裏に行くと、10日ぶりに本邸への渡り廊下が姿を現した。

走り出したい気持ちを抑えながら渡り廊下を抜けると、本邸の前で母様が待っていた。

その姿を見た瞬間、耐え切れなくなって駆け出す。

「母様!!」

「ニナ！　……ああ、ニナなのね。こんなに大きくなって……」

「母様……ごめんなさい。私のせいで……母様が……」

久しぶりの母様の腕の中だけど、何か違う。そうか。私が大きくなったからだと気がついて、また悲しくなった。

もう、12年も母様に会えなかった。母様はずっと閉じ込められていた。私が精霊の愛し子だったせいで。

「違うのよ。ニナのせいじゃないわ」

「でも……私が精霊の愛し子だったから」

「違うの。本当にニナのせいじゃないのよ。顔を見せて……ああ、綺麗になったわね」

母様が昔みたいに柔らかく笑って、私の髪や頬を撫でる。それがくすぐったくて、うれしくて涙が止まらない。

精霊たちが寄ってきて、私の髪と目の色を元に戻す。それを見て、母様が懐かしそうに目を細める。

「おかえりなさい、母様」

「ええ、ただいま、ニナ」

13章　処罰の行方

心配そうな顔をしたニナは彼女の母上に任せて、俺は1人で王宮へと向かった。

牢に向かう前に一応は陛下に伺いを立てたが、好きにしていいとのことだった。

同席していたバシュロ侯爵に聞いても同じだった。自分の子ではないから、好きにしていいと。

バシュロ侯爵とは違い、陛下は自分の子だろうに。もう第三王子はいなかったことにでもしたいのか。

元侯爵令嬢のほうも籍を抜けて平民になっているから、彼女が消えたところで問題はないんだろう。

2人を牢に入れろと命じた時は、数日したら処罰を与えるつもりだった。

それが思ったよりも騎士による捜索が長引き、俺がすっかり忘れていたこともあって、10日も放置してしまった。

牢の前に着くと、騎士がすぐに扉を開けてくれた。陛下から話が来ていたらしい。

「2人はどこに？」

「別々の牢に離して入れています。午前中にどちらも水浴びさせておきました」

「水浴び？」

「10日ほど牢に入れっぱなしでしたので、あのままでは……臭《にお》いで話どころではないかと」

「ああ、そういうことか」

王子と貴族令嬢だった者たちが、湯あみをできずに10日も放置されていた。とても耐え切れなかっただろうな。

「では、まず男のほうから案内してくれ」

「はい」

カミーユ王子は独房に入れられていた。一見、普通の部屋のようだが、中に入ると鉄格子《てつごうし》がある。小さなベッドを椅子代わりにして座り、ぼんやりしている。

水浴びさせたらしいが部屋の中は臭い。騎士には来なくていいと断って1人で入る。

俺が入ってきたのを見て、カミーユ王子は飛び上がった。

「ルシアン！」

「思ったより元気そうだな」

「頼む！　お前から言ってくれ！　誰も相手にしてくれないんだ。俺は第三王子だって、騎士に説明してくれ！」

「……ああ、そうか。不審者のままなのか」

捕まえた時、カミーユ王子は騎士の格好をしていた。

身分を偽っていた罪で牢に入れられたのだが、誰も彼を王子だと証明できない。だから、ずっと独房に入れられたまま。

「父上か義母上、兄上たちに報告してくれ。すぐにここから出すように命じて」

「陛下は知っているぞ」

「は？」

「だから、ここにカミーユ王子がいることは、陛下も王妃も王子たちも知っている。その上で、放置されているんだ」

「なぜだ⁉」

「見捨てられたんだろう？　今まで散々王子らしくないことをしてきて、卒業後は平民にするとまで言われてたのに。まさか近衛騎士に身分を偽るとはな」

どれだけ王族らしからぬことをしてきたのか、カミーユ王子は理解できていないようだ。

王太子たちと同じように王妃に育てられ、教育されてきたはずなのに、どうして理解できないんだろう。

「身分を偽るって、ちょっと制服を借りただけじゃないか」

「借りたって、誰から？」

「……ちょっとの間だけ借りようと」

「盗《ぬす》んだんだな」

身分を偽っただけじゃなく、騎士から制服を盗んでいたとは。それでもまだ大したことじゃないと思っているカミーユ王子に、丁寧《ていねい》に説明してやる。

「たとえば、他国の王宮に行って、そこの騎士の制服を盗んで着て、うろついていたところを捕まったら、理由を問わず処刑されてもおかしくないほどだと理解できるか？」

「そんな大げさな！　俺はこの国の王子だぞ？」

「王子だとは誰も証明してくれない。今はただの不審な平民だ。処罰を決める俺が来なかったから、放置されていただけだ」

「……だからって、そんな脅かさなくても」

「脅してない。今からでも俺が、処刑が相当だと判断すれば、処刑になるな」

「嘘だろう……」

ようやく自分の置かれた状況がわかってきたのか、カミーユ王子は青ざめて座り込む。

「ニネットに何をするつもりだった。正直に答えろ。嘘をついた時点で処刑にする」

「……ちょっと浮気させるつもりだったんだ」

「具体的には？」

「オスーフ侯爵家のカルロは女好きだから、ニネットといちゃついてくれと言ったら喜んで応じてくれた。最後までさせるつもりはなかった。だから、すぐにルシアンを案内したんだ」

「どうしてそんなことしたんだ」

「俺とオデットは平民に落ちるのに、元平民のニネットが公爵夫人になるなんて許せなかった。だから、浮気するところを見せれば、女嫌いのルシアンなら婚約を解消するんじゃないかって」

たしかにニナ以外の令嬢と婚約して、その令嬢が浮気している場面を見たとしたら、俺は迷わず婚約を解消するだろう。そんなことをするような令嬢と結婚する意味はない。

だが、ニナがそんなことをするとは思わない。カミーユは長年婚約していたのに、ニナのことを何もわかっていない。

「ニネットを、浮気をするような令嬢だと思っていたのか？」

「……俺はニネットのことはよくわからない。この作戦を言い出したのは、オデットだ。オデットは犯罪者たちを雇ってニネットを襲わせるつもりだった。だけど、俺はそこまでしなくてもと思ったから、女好きのカルロに頼んだんだ。ニネットが拒否したのなら、カルロはそれ以上はしない」

「そういうことか」

道理《どうり》で中途半端なことをすると思った。ニネットを汚《けが》そうとするなら、もっと他のやり方があっただろうと。

元侯爵令嬢はそこまでニネットを恨んでいるのか。

「……オデットはどうしてもニネットを許せなかったんだ。愛人の子だと思って虐げていたのに、自分も愛人の子だった。本当ならニネットに申し訳ないと思うのかもしれないけど、オデットはニネットさえいなかったらと思ってしまった。俺だってそうだ。ニネットが養女にならなければ幸せだったのにと」

「……それは、ニネットにとってもそうだ」

「え？」

「ニネットは精霊教会がさらってきた子どもだ。母親と一緒にいたのを引き離して、母親は人質に取って」

「母親を人質に？　侯爵の愛人じゃないのか？」

「まったく関係のない他国の人間だ」

「どういうことだ？」

今さらかもしれないが、カミーユ王子はまだ引き返せると思った。恨むべきはニナではないと言えば、後悔するんじゃないかと。

「ニネットには精霊の力を貴族以上に使える可能性があると、精霊教会の者が判断してさらってきた。ニネットは仕方なく侯爵家の養女になった。逆らえば母親がひどい目にあうからと」

「そんなこと父上が認めるわけ……」

「侯爵家の養女にしたのも、カミーユ王子の婚約者にしたのも、陛下が決めたことだ。母親が人質になっていることも当然知っている」

「……嘘だろう」

「ニネットは何の罪もないのにこの国で捕まり、なりたくもない貴族の養女になって、そこの夫人と令嬢に虐げられていた。ついでに婚約者になった王子にも蔑《ないがし》ろにされた。そんな女の子を襲おうとして、それでも元侯爵令嬢の気持ちをわかれと？」

「……いや、悪いのはニネットじゃないな」

小さい声だったが、迷いはなかった。ニナがただ巻き込まれただけの被害者だと認識したようだ。

「これ以上、ニネットに近づくな」

「わかった……悪かったと伝えてくれ」

元は正義感が強いだけの王子だった。自分の行動が間違っているのもわかっていたんだろう。

「そういえば、これからも元侯爵令嬢と一緒にいるつもりか？」

「結婚は王命なんだろう？」

「結婚は形だけでもかまわない。どうせ子どもができないように処置されているだろう。貴族の血を平民に流すわけがない。離れたいというのなら、別々の場所にやる」

「俺は……もうオデットを可哀そうだとは思えない」

「そうか。では、もういい。自分のことだけを考えろ。お前は砦《とりで》に送ることにする」

「砦……そんなところに俺が？」

「そうだ。もちろん、平民としてだ。一番下の兵士として働くことになるが、逃げたとしても居場所なんかない。そこで一生懸命に働けば、騎士になることも目指せる。どれだけ上に行けるかは自分次第だ」

「自分次第……」

黙り込んでしまったカミーユ王子をそのままにして、牢を出た。騎士から処罰を聞かれたので、辺境の砦に送るように命じる。

「彼は平民だが貴族の血を引いている。剣技も強い。それなりに役に立つだろう。下っ端《ぱ》から鍛え上げるように伝えてくれ」

「わかりました」

ニナに近づかないとは言ったものの、カミーユ王子は人に影響されやすい。元侯爵令嬢とは二度と会えないように離しておいたほうがいい。

次に向かった元侯爵令嬢の牢は女性用だった。身分はわからなくても所作《しょさ》で貴族令嬢かもしれないと思い、あとから揉めるのは嫌だから女性用の牢にしておいたという。

女性用の牢は、部屋の中に鉄格子がなかった。奥にある手洗い場などは板で隠されている。最低限の配慮はされているようだが、ドアの外に騎士が立っており、逃走することはできない。

俺が牢に入ったのに気がついても、元侯爵令嬢は顔を上げない。飾り気のないワンピースを着せられているが、全体的に薄汚れていて、この部屋も臭う。

騎士が食事を運んできたと思ったのか、こちらを見ようともしない。

「そこに置いて出ていって」

「食事を運んできたわけじゃないぞ」

「……？」

ゆっくり顔を上げた元侯爵令嬢は、入ってきたのが俺だと認識して立ち上がる。

「ルシアン様！　助けに来てくださったの⁉」

「助けに？」

「だって、ここまで来てくださったのは、そういうことでしょう？」

「いや、違う。この件は俺に任されている。処罰を決めに来たんだ」

「では、すぐにここから出してください！」

満面の笑みでそう言う元侯爵令嬢に、頭がおかしくなったのかと思う。令嬢が10日も人に会わずにここに閉じ込められていたらそうなるのも仕方ない。

だが、ニナの母上が10年以上も閉じ込められていたのを思い出した。それを考えたら、たったの10日だな。

「なぜここから出られると思っているんだ？」

「え？　だって、私は何もしていないじゃないですか」

「何もしていないで牢に入れられると思っているのか？　それなら少し考えが足りていないんじゃないか？」

「……でも」

どうしても自分は悪くないと思いたいのか、牢に入っても反省はしていないらしい。一応は考えるふりをしているところを見ると、おかしくなったのではなく、元からの性格なのかもしれない。

「あの日、何をしようとしていた？」

「……女官として働いてみただけです。学園を卒業したあとは平民として働けと言われていたから」

「平民は王宮の女官になれないぞ。下働きならともかく、あの日着ていた制服は平民では着られないものだ」

「そ、それは知らなかったから」

本当に知らなかったのかもしれないが、それを理由にはできない。

「あの制服も盗んだものだな。女官の制服を着て王宮をうろついていただけでも、処刑されておかしくないほどの重罪だ」

「そんな！」

「しかも、高位貴族である俺に関わろうとしていた。命を狙っていたとみなされる行為だ」

「そんなことしてません。私はただ、ニネットが浮気しているのを知らせようと！」

「ニネットは馬車にいたよ。護衛騎士に守られて、なんの問題もなく」

「そんなわけありませんわ！　絶対にあの部屋にいたはずです！」

「どうしてわかる？」

「だって、間違いなくあの部屋に連れていったって……あ」

公爵家の控室からあの部屋に連れていき、閉じ込めて、オスーフ侯爵家のカルロを部屋に入れる。

カルロがニナを襲い、ちょうどいい頃に俺を部屋に案内する。

浮気現場を見た俺が激高《げっこう》して婚約解消すればよし、しなくても、大騒ぎされることでニナが傷つけばそれでいい。

そういう計画だったらしいが、結果はニナが姿を消していたことで何も起こらなかった。

この女の最初の案では、犯罪者の男たちを雇って襲わせ、ニナを本当に汚すつもりだったことも聞いた。

それをカミーユがあんまりだと止めたが、そうしたいと思うほどニナを憎んでいる。

「ニネットを襲わせようとしていたそうだな。カミーユ王子から計画は聞いた。犯罪者たちに襲わせるつもりだったと」

「……ええ、そうよ。私とカミーユがこんなつらい目にあっているのに、ニネットだけが幸せになるなんて許せないもの！」

俺がすべてを知っているとわかったからか、もう隠すこともなくニナへの恨み言を言い始めた。

ニナさえいなければ、それが理由のすべてなのだろうけど。

「ニネットが愛人の子だというのが違っていてもか？」

「愛人の子だとかはもう関係ないわ。平民の血が混ざっているのは変わらないのでしょう？　そんなニネットが私よりも幸せになるなんてありえない」

「ニネットは侯爵の子ではない。精霊教会がニネットをさらってきて、陛下が侯爵に養女にして育てるように命じたんだ」

「は？　……なによ、それ」

「侯爵が愛人の子だと嘘を言ったのは、お前が夫人の愛人の子だと知っていたからだろう。あてつけというやつだな」

「……そんなの私には関係ないじゃない！　悪いのは私じゃないわ！」

「ニネットは愛人の子だからと虐げたのにか？」

「ニネットが来なかったら、私は幸せなままだった！」

「それはどうだろうな？」

「え？」

ニネットが引き取られたことで運命は変わったのかもしれないが。

「遅かれ早かれ、夫人は離縁されていただろう。あちこちで浮気していたらしい。金遣いも荒かった。ニネットが引き取られなかったら、もっと早くから金の使い道を問いただされていただろうし。不貞の子だとわかっているお前に侯爵は優しくはしない」

「……なんでよ。なんで！　なんでなの！　不貞したお母様が悪いんじゃない！　私は何も悪くないのに！」

「人を虐げたり、嘘をついたり、制服を盗んだり、犯罪者たちにニネットを襲わせようとすることが悪くないと？」

「私は悪くない！　ニネットだけ幸せになるなんてずるいもの！」

見下していたはずのニネットが自分よりも幸せになるなんて許せない、そういう思いが原因なんだろうけど、元侯爵令嬢が不幸になったのはどう考えても自業自得だと思える。

「では、これから先の人生は選ばせてやるよ」

「本当!?」

「平民となって王都から追い出される。その行き先を選ばせてやる」

「どうして追い出されなくちゃいけないのよ！」

「公爵夫人になるニネットに危害を加えようとしたんだ。近くにいさせるわけないだろう。辺境の地にある砦で娼婦になるか下女になるか、どっちがいいんだ？」

「何よ、それ！　どっちも嫌に決まっているでしょう！」

断るだろうとは思っていたけれど、今の立場というものをきちんと理解してもらわないと困る。

「お前は平民ではあるが、貴族の娘だった。そういう人間が平民と混じって生活していけると思うのか？　元貴族だと知られた途端にひどい目にあうんだぞ」

「は？　平民に何かされるっていうの？」

「されないと思っているのか？」

「平民は貴族に仕えるのが幸せなんでしょう？」

「……貴族を恨む平民のほうが多いと思うぞ」

「そんなわけないわよ。みんなそう言っていたもの」

侯爵令嬢だったのなら、会ったことがある平民は学園に通えるほどの上級平民だろう。貴族と関わりもある上級平民が貴族を怒らせるようなことを言うわけがない。

領地に行ったこともなければ、1人で街を歩いたこともない貴族令嬢なら知らなくても当然なのかもしれないが。これから平民として暮らすのなら知っておいてもらわなくては困る。

「貴族を恨んでいる平民に捕まれば、娼婦なんて可愛いものだと思えるほどひどい目にあわされるぞ。お前が話したことを情報源として貴族に脅しをかける者もいるだろうし、子を孕ませて貴族の子だと売りつけようとするかもしれない。そもそも捕まったら殺される可能性が高いけどな」

「……脅そうとしているのでしょう？」

「事実だ。何も知らないで放り出して、よけい面倒なことになるのは嫌だからな。だから、管理がしっかりしている砦で娼婦をするか下女になるか、と聞いたんだ」

「じゃ、じゃあ！　修道院に行くわよ！」

「修道院はかなりの金を寄付しなければ入れない。死ぬまで娼婦でいたとしても稼げない額だ」

「そのくらい出してくれてもいいでしょう!?」

ここまできて俺に金を出させようと考えるなんて。呆れている場合ではないけれど、こんな人間とずっと一緒に暮らさなくてはいけなかったニナが可哀そうだ。

「さぁ、選べ。早くしなければ娼婦として送り出す」

「わかったわよ！　下女になればいいんでしょう!?」

さすがに俺が限界なのを感じたのか、ようやく下女になると言った。俺は娼婦でも構わないのだが、あまりひどい処罰にすれば、ニナが気にするかもしれないと思っていた。

「すぐに送られるが、いいか、自分が貴族だったというのは絶対に言うなよ」

「……言わないわよ」

「一度でも言えば、薬で喉《のど》を焼かせてもらう。お前が何も知らなくても、お前から聞いたと嘘をついて噂を流す者が出たら困るからな」

「何よ！　何度も脅そうとしても」

「これは本気で言っている。絶対に言うな。忠告したからな」

「……本当にそんなところに行かなくちゃいけないの？　ねぇ、ルシアン様の屋敷に連れて帰ってくれたら」

これ以上はもう聞かなくていいだろう。黙って部屋から出たあと、外で待機していた騎士に終わったと声をかけた。

「処罰はどうしますか？」

「さきほどの男と形式的に結婚させて、既婚者として砦に送って。自分を貴族だと思い込んでいるおかしな女だと説明して、下働きをさせるように」

「砦はどちらの？」

「男とは違う砦に。移送するのは別々の時間にして。処罰後は2人を絶対に会わせないように。もし自分が平民ではないと言うようであれば、拘束して薬で喉を焼くように伝えておいて」

「わかりました」

元侯爵令嬢の、ニナへの恨みが消えることはないだろう。できるだけニナとは関わらせないようにしたい。

カミーユ王子と元侯爵令嬢には監視をつけ、ただの平民として別々の砦に送る。

甘い処罰だとは思うが、このまま王都にいさせたら、どちらも王太子に殺されることになるだろう。そんなことをニナは望んでいないと思う。

それに、元侯爵令嬢にとっては、平民の下で使われる立場に置かれることが、何よりも屈辱になるに違いない。

砦は男も女も極限の状態で暮らしている。そんな場で素直に従わない下働きがいたらどうなるか。

虐げられる立場になっても、おそらく反省などしないだろうが。

14章　母様の望み

思ったよりも時間がかかったのか、ルシアン様が本邸に戻ってきたのは夕方近くになってからだった。

屋敷に戻ってきたのをパトから知らされ、玄関前で待とうとしたら、母様も一緒に待つと言う。ずっと閉じ込められていたから歩くのもやっとなのに、どうしても早くルシアン様に会いたいと言って聞かない。

仕方なく母様を支えながら待っていると、疲れた顔のルシアン様が戻ってきた。

「おかえりなさい」

「ああ、ただいま。遅くなったが、待たせてしまったか？」

私たちがわざわざ待っていたからか、ルシアン様が母様に聞いた。

「あなたがルシアン様？」

「そうだ。ニナの母上には本当に申し訳ないことをした。この国の王家に代わり、謝罪させてほしい」

「謝罪はいらないわ。あなたが私を助け出してくれたのでしょう？　ニナも保護してくれていたようだし」

「それはそうだが、謝罪は別だ」

「いいのよ。私がもっと考えてから行動すればよかったのだから。危険なのはわかっていたの、違う意味でだけど」

「違う意味？」

「ここに来るためにこの国に来たの。ジラール公爵家に」

母様の言葉に、ルシアン様だけでなく私も驚く。ここに来るために旅をしていた？

「ジラール公爵家には何の用があって？」

「ノエルに会いに来たの。どこにいるの？」

「ノエル？　叔父上か？」

「私は、いいえ、私たちはノエルに会いにここに来たの。会わせてちょうだい。ニナはノエルの子よ」

「……は？」

「……え？　……私の父様？」

母様の発言に、誰もが動きを止める。今、何を言ったの？

「……説明してもらえるだろうか？　ニナが叔父上の子だというのは本当なのか？」

「そうね。ノエルもニナのことを知らないのよ」

「は?」

「私が知っているのは、ノエルは銀色の髪に紫の目。ブラウエル国のジラール公爵家で生まれた二男で、死んだことにされているとだけ聞いているわ」

「それは……叔父上だな」

ルシアン様の叔父様が死んだことになっているのを、母様は知らないはず。

では、本当に私の父様はルシアン様の叔父様なの?

「あの時、ノエルはすぐに戻ってくるって言ったの。国を出ることを家族に認めてもらったら、ずっと一緒にいようって……でも、ノエルは戻ってこなかった」

「叔父上とはどこで出会ったんだ?」

「……精霊の森よ。ノエルは私の生まれ育った場所に来ていた」

「精霊の森?」

母様が生まれ育った場所がどこなのか、私も知らない。ただ、精霊がいっぱいいたと聞いたことがある。そこが精霊の森なんだろうか。

「この国の何十倍、何百倍と精霊がいる場所よ。そこに住む私たちは森の民と呼ばれている。ノエルは、そこに旅で来ていた。私のお祖父様がそこの長《おさ》だったの。普通の人間は入ってこら

れない場所のはずなのに、ノエルは精霊に認められたからか、精霊の森に入ってきてしまった。それでも、お祖父様にはすぐに帰れって言われていたわ。森の民は、他の部族を認めないから」

「叔父上がいろんな場所を旅しているのは知っている。だが、精霊の森とはどこなんだ」

「ここから3つの国を挟んだ場所よ。地図にはないから、知らないと思うけど」

「叔父上とは結婚していたのか？」

「結婚するはずだった。でも、ノエルは戻ってこなかった。そのうち、身ごもったことがわかって、精霊の森にいたら子どもが殺されると思って逃げたの」

あぁ、母様が旅をしていたのは私を身ごもったからなのか。他国の父様との間に私ができたから、いられなくなって。だけど、一度は村に住んでいたはずだ。そこを出てまでこの国に来たのはどうしてなのか。

「母様はどうして父様に会いに来たの？」

「……あなたを1人で産んで育てようと思った。薬師《やくし》として、流れ着いた村で必要とされて、そのまま生活していけると思ったの。でも、流れの薬師である私をずっと村にいさせるために、村長は私を村の男と結婚させようとしたの。ニナは綺麗な子だから高く売れる。騙して売り飛ばせばいいと」

「ニナを守るために逃げてきたと？」

「私だけではニナを守り切れないと思ったの。この国に連れてきても、死んだはずのノエルの子がいると知られたら、どういう扱いになるかわからなかった。それでも、賭《か》けに出たの。ニナが安全に生きるには、ジラール公爵家に引き取ってもらうのが一番だって」

その言葉に何も言えなかった。

私を守るために、このジラール公爵家に来るために旅をしていたなんて。

「だけど、ノエルとニナが精霊の愛し子という存在だとは知らなかった」

「知らなかった？　精霊の愛し子を？」

「森の民は、全員がこの国で言う精霊の祝福を受けているの。精霊が見えるし、話すこともできるし、力を借りられる。銀色の髪だから特別だとか、そんなことは知らなかったわ。この国に来て、捕まったあとで知ったの。知っていたら、もっと隠れて旅をしたわ」

「そうだったのか……叔父上は1年に一度しか帰ってこない。あと1カ月もすれば、戻ってくると思う。会うのはそれまで待ってもらえるだろうか。もちろん、母上もニナも、ジラール公爵家が責任を持って保護する」

「わかったわ、ありがとう」

母様はほっとしていたけれど、私は混乱したままだった。何か話しかけようとした母様に反応することもできなかった。母様は私と話すのをあきらめたのか、部屋に戻っていった。

「……ニナ、とりあえず、ニナも落ち着こう。叔父上が来るまでには時間がある」

「……わかりました」

部屋に戻ったあとも、頭の中はぐちゃぐちゃだった。

私の父様のことは、考えないようにしていた。ずっと、母様と2人だったし、父様のことを聞くと、母様は悲しそうな顔をするから。

父様は戻ってこなかったと、さっき母様は言っていた。じゃあ、母様は捨てられた？　父様は私の存在すら知らない……。

そんな父様に会ったら、どうなるんだろう。母様を捨てた理由を聞くんだろうか。知らない間に生まれた娘に会って、父様はどう思うんだろうか。

苦しくて、苦しくて、テラスに出る。

今日は精霊がおとなしい。飛んでいる光が少ない。

暗い庭を眺めていたら、ルシアン様がテラスに出るのが見えた。

「……ルシアン様」

「ニナがテラスにいるのがわかったから。大丈夫じゃなさそうだな」

顔に出ていたのかと思った瞬間、涙がこぼれ落ちる。

「……悲しいのか？」

「……急に父様のことを言われて、どうしていいかわからなくて」

「混乱しても仕方ないよな。俺も驚いた。だけど、ニナの母上の話で納得できないところもあった。叔父上は愛した人と、何も言わずに別れるような人ではない」

「え？」

「叔父上は、俺が物心《ものごころ》ついた時にはもう公爵家にはいない人だった。それでも1年に一度戻ってきて、1カ月くらい滞在していた。10年くらい前に聞いたことがあるんだ。どうして旅をしているのかって。その時、叔父上は大事な人を探しているって言っていた」

「大事な人？」

「それがニナの母上なんじゃないかって思っている。本当にそうなのかは、叔父上が戻ってくるのを待つしかないけれど」

「……そう」

ルシアン様からは、母様を捨てたようには見えないのか。私としても、そうであってほしいと思う。

「俺は……ニナが叔父上の娘だと聞いて……喜んだ」

「どうして？」

「陛下に、ニナとの結婚を認めないと言われた」

「え？」

認めない？　婚約式までしたのに。

「ニナが卒業するまでに精霊術を使えるようになったら、王太子の側妃にすると。使えなかったら、平民に戻して王太子の愛妾にすると言われた」

「そんな！」

「だから、その前に逃がそうと考えていた」

「……」

国王と王太子の卑劣《ひれつ》な考えに吐き気がする。どこまでも精霊の愛し子を利用しようとして、私の気持ちなんかどうでもいいと思っている。

そして、ルシアン様が本当に私を大事に思ってくれているのがわかった。

王太子の側妃か愛妾にすると言われたのに、逃がそうと思ったなんて。そんなことをすれば、ルシアン様がどんな処罰を受けることになるかわからない。

「だけど、ニナの父親が叔父上なら、俺と結婚することができる」

「え？」

「俺とニナの結婚を陛下が認めないというのは、この国の法律で高位貴族と平民は結婚できないからだ。それはニナが侯爵家の養女になっていたとしても同じ。半分でも貴族の血が流れていなければ認められない。だから、ニナがバシュロ侯爵の娘ではないと公表されたら、どうやっても結婚できなくなる」

だから、国王は私とルシアン様の結婚を認めないと言ったんだ。私に平民の血しか流れていないから。

「王妃も認めたんだから大丈夫だと思っていた俺が甘かった。どうあっても、ニナを手元に置いて利用したいらしい。王太子の側妃も愛妾も、そんなことを許すわけにはいかない。どんな目にあうかわからないのだから」

「王太子の側妃も愛妾も、お断りです。何があっても拒否します」

「ああ。俺も全力で断る。だが、ニナが叔父上の子なら、陛下だってニナが平民だから結婚を認めないとは言えなくなる。精霊教会の婚約式までしたんだ。解消させる理由がない。解消させられなければ、側妃にも愛妾にもできないだろう」

いくら国王でも、一度婚約を認めたのを解消させるには、それなりに理由が必要だってことか。理由がなかったら、臣下の婚約者を取り上げるようなものだものね。

だけど、そんな風にうまくいくんだろうか。

本当にルシアン様の叔父様が私の父様だとしても、問題は残っている。

「ルシアン様の叔父様が私の父様だとしたら、私は貴族の血を引いていることになるんですか？　父様は死んだことになっているんですよね？」

「ああ。だが、父上が陛下に報告すれば、籍を戻すことはできるだろう。死んだことにされていた弟が生きていたのがわかったとでも言えば」

「公爵家が処罰されませんか？」

「叔父上を隠した祖父母はもう亡くなっている。多少は咎《とが》められるだろうが、叔父上は精霊の愛し子だ。存在を知れば、陛下も喜んで迎え入れるだろう……」

「父様も精霊の愛し子だから……」

その言葉に気持ちが重くなる。父様も国王に利用されてしまうんだろうか。せっかく死んだことにしてまで逃がしたのに。

「……ニナがこの国を嫌っているのはわかる。ニナの母上もあんな目にあったんだ。それでも、ニナと結婚して幸せになれるかもしれないと、一度思ってしまったら。陛下に認めないと言われても……簡単にあきらめられなくなった」

「ルシアン様……」

「叔父上が戻ってくるまで考えてほしい。俺と結婚したら、この国に囚われてしまう。もちろん、全力で守るけれど、嫌な思いもするだろう。……それでも、俺はニナと結婚したい」

「……」

見上げると、ルシアン様は静かな目で私を見ている。答えを出すのは私だから、押しつけることはしないと。

もっと強引に迫られたら、「はい」と言うかもしれないのに、ルシアン様はそんなことをしない。

私が考えて、私に決めてほしいんだ。大事なことだから。

でも、それなら私も考えてほしいことがあった。

この腐った国を、ルシアン様はどう思っているのか。

「……ルシアン様も一緒に逃げることはできないのですか？　この国を、この国の王族や貴族を守りたいと思いますか？」

「逃げられるのなら、逃げたい。俺は、ニナといられるのなら貴族なんてやめてもいい」

「それは本当ですか？」

希望を持てた気がしたのは一瞬だけだった。ルシアン様が何かをあきらめたようにため息をついた。

「この国に、陛下に、俺は忠誠《ちゅうせい》なんてない。陛下も王太子も貴族も精霊教会も腐っている。次期当主の責任なんて放り出して逃げたいと何度思ったかわからない。だが、公爵家は誓約《せいやく》に縛《しば》られている」

「え？」

「ジラール公爵家当主が精霊と契約をした時に、誓約があったんだ。一度目は、精霊がこの国から出られない代わりに、公爵家の者もこの国から出られない。二度目は、この国の貴族に精霊術を使わせる代わりに、公爵家の者は精霊とこの国のために尽くす、と」

「……そんな誓約が？」

「だから、いくら陛下が理不尽《りふじん》なことを言っても、この国が精霊を虐げていても、俺と父上は逃げ出すことができない。死なない限り、公爵家の籍から抜けることは許されない。叔父上が自由に国を行き来しているのは、公爵家に籍がないからだ」

公爵家の血を引いていても、籍に入ってなければ関係ない？

「ごめんな。こんな誓約さえなかったら、すぐにでも一緒に逃げようって言えたのに。俺と結婚するというのはニナが犠牲になることと同じなのに。ニナがどうしたいのかは、ゆっくり考えてほしい。叔父上が戻ってくるまで、まだ時間はある」

「……わかりました」

「平民として生きると決めたなら、ちゃんと逃がす。俺と一緒にならなくても、ニナには幸せになってほしいんだ。答えを決めたら、それに従うから」

ルシアン様はこの国から出られない。私とルシアン様が結婚するには、私が公爵家に残るしかない。

そうなれば、この国のため、国王の命に従わなくてはいけない。

うつむいていたら、抱き上げられた。

距離が近くなったルシアン様の表情は、暗いまま。いつものような穏やかな微笑みはなかった。

「身体が冷えてしまっている。部屋に戻ろう」

「はい」

そのまま私の部屋のベッドに連れていかれ、降ろされる。一度だけ強く抱きしめると、ルシアン様はすぐに部屋から出ていった。

残された私は眠ることができず、朝まで考え続けていた。


その次の日から、朝食のあとと夕食の前に、母様と散歩するのが日課となった。ずっと閉じ込められていた母様は身体の筋肉が衰《おとろ》えていて、少しずつ体力を取り戻さなくてはいけなかったからだ。

最初の日は池に近づいただけで戻ってきた。1週間たつと池を一周して戻るようになって、2週間が過ぎた頃には庭をぐるりと散策できるようになった。

「ノエルが戻ってくるまでに動けるようにならないとね。もう、すっかり身体がなまってしまって大変だわ。また旅をするには体力をつけなきゃ」

母様のその言葉にびくりとする。また旅をするには。母様は父様が来たら、他国に行くつもりでいるんだ。そういえば、私を預けるつもりだったって言っていた。

「母様は私を置いていくの？」

「そうじゃないわ。ニナが来たいなら一緒に来ればいい。それを決めるのはニナよ。あの時はニナが5歳だったから、私1人じゃ守り切るのが難しかった。でも、今ならニナは自分自身を守れるでしょう？」

「……うん。精霊の力を借りれば守るくらいならできると思う」

「だから、無理にノエルに預ける必要はなくなったの。まぁ、ここまで来たなら、ノエルに会わせようと思うけど」

会わせようと。……父様は私のことを知らないんだよね。

「母様は父様のこと恨んでないの？」

「……わからないわ。戻ってくると言ったのに、戻ってこなかった。だけど、もしかしたらあのあとで戻ってきたのかもしれない」

「え？」

「遅くとも2カ月で戻ってくるって言ってたの。それなのに4カ月も戻ってこなかった。あれ以上待っていたら、お腹が目立ってきてしまうし、旅に出ることもできなくなってしまう。ぎりぎりまで待って、あきらめて旅に出たの」

「そっか……」

お腹の中に私がいることに気がついたから、父様のことをずっと待っているわけにはいかなかったんだ。本当は待ちたかったのかな……。

「さっきも言ったけど、ニナがどうするのかは、ニナが決めていいのよ」

「本当に私が決めていいの？」

「そうよ。自分のことでしょう？　もうすぐ18になるのよ。いつまでも母様のそばにいなくてもいいの。自分の居場所は自分で選んでいいのよ」

「……うん」

選ぶ……ルシアン様も同じことを言っていた。私が決めていいって。だけど、いいのかな。

「ずっと悩んでいるのはどうして？」

「……私が決めたことで、周りを巻き込んでしまうから」

「巻き込む？　ここに残りたいのね？」

「まだ決めてない……ここに私が残るためには、父様が公爵家に戻らないといけなくなるの。

私だけじゃない。父様の人生まで変えてしまわないといけない」

「あら、それを決めるのは父様だわ」

「え？」

「まずは、ニナがしたいことを父様にお願いする。それを叶えるかどうかは父様が決めること。ニナの責任じゃないわよ？」

「でも、私のせいなのに？」

母様にルシアン様から聞いたことを説明する。ルシアン様から求婚されたことと、ジラール公爵家の誓約のことも。

「それなら、なおさらニナは自分の気持ちを言わないと。周りがニナの願いを叶えたいと思っても、知らなければ何もできないわ」

「……言っていいの？」

「そばにいたいから悩んでいるんじゃないの？」

「そばにいたいというよりも……ルシアン様を1人で置いていくのが嫌だって思って。私は逃げられるけれど、ルシアン様は逃げられない。ずっとルシアン様がここに囚われているってわかってて、私だけ幸せになれる気がしないの……」

「そうよね」

母様が囚われていた時と似ている。何をしていても、母様が苦しんでいるかもしれないと思うと、幸せになっちゃいけないって気がしていた。

ルシアン様と離れて、母様と他国に逃げたとして。私は後悔しないでいられるだろうか。

「まずは、父様に会ったら、その気持ちを話してみたら？」

「うん……そうだね、父様が嫌だって言ったら終わる話だし」

「ふふふ。嫌だなんて言わせないけど」

「母様？」

「少なくとも、父親としての責任は果たしてもらわないとね」

「えええ？」

私の存在を知らないのに、責任って。だけど、母様が本気で言っているんじゃないってわかった。指先が少し震えている。母様は父様に会うのが怖いのかもしれない。それに気がついて、父様の話は終わりにした。

「それにしてもこの池は何となく懐かしく感じるわね」

「母様もそう思う？　あの村の池に似ているよね」

「その池にも似ているけど、精霊の森にある池に似ているの。あの村を選んだのも、似ている池が近くにあったからなのよ」

「精霊の森にある池……」

そういえば、母様はあの村の池を思い出の池に似ていると言っていた。母様が生まれ育った精霊の森だったんだ。

だけど、それって、母様が父様と出会った場所ってことだよね。似ている池、見たことがない野菜や動物。もしかしてと思う気持ちもあるけれど、何一つ確証はない。変に期待させるのが怖くて、母様には畑や動物たちは見せていない。まだ警戒しているのか、ガーたちも母様の前には出てこない。

早く母様と父様を会わせてあげたい気持ちはあるけれど、もし裏切られていたらと思うと怖い。私のことは知らないのだからかまわないけれど、ずっと大変な思いをしてきた母様にはこれ以上つらい思いをしてほしくなかった。


それから父様がジラール公爵家に戻ってくるまで待つしかできなかったけれど、夜になると悩んで苦しくなって、テラスに出る。

そうするとルシアン様もテラスに出てくる。私が悩んでいることがわかるからか、ルシアン様は何も言わない。

ただ2人で精霊の光を眺めている。月明かりの中、好き勝手に飛び回る精霊の光が綺麗すぎて泣きそうになる。そのうち寒くなってくると、そっと肩を抱き寄せられ、体温が伝わってくる。何も言わなくても、ルシアン様が私を大事に思ってくれているのがわかる。

もう寝なきゃいけない時間になると、ルシアン様は私を抱き上げて部屋まで連れていってくれる。そうして、ベッドに私を降ろすと、頭を撫でて部屋から出ていく。

何度同じことをされても慣れずに、そっと離れていくルシアン様に行かないでほしいと言いそうになる。このまま答えを出せない状態でそばにい続けることなんてできないのに。

私のこともルシアン様のことも棚上げにしたまま、気持ちだけが大きくなっていく気がした。

あとがき

初めましての方も、いつも応援してくれている読者様も、「あなたたちのことなんて知らない」1巻を読んでいただき、ありがとうございます。

まずは、ニナとルシアンの恋が中途半端なところで終わったことをお詫びさせてください。じれじれさせるつもりはまったくなかったのですが、今後の展開などを考えた結果この場面での終わりになってしまいました。二人の恋路を邪魔する気持ちはまったくないので、2巻まで待たせてしまうことになるのが誠に申し訳なく思います。

Ｗｅｂ版は毎日投稿していたこともあり、ストーリーが進むことを優先してしまって、二人の仲が深まる場面を省いていました。そのため、書籍版では公爵家に来た後の一か月を中心に加筆しています。ルシアンに精霊の祝福があるとはいえ、警戒していたニナがルシアンに心を許していく様子を書くことで、その後の二人の葛藤もわかりやすくなったのではないかと思っています。

書籍版から登場したキャラ（？）のガー達はＷｅｂ版では恋愛話から逸れていきそうだったので書けなかったキャラです。こういう不思議動物は大好きなのですが、やりすぎると動物飼育記になってしまうので、ちょい役としての登場です。作者としては気に入っているので、2

巻にも登場すると思います。

素晴らしい表紙絵を担当してくれた匈歌ハトリ先生のラフが届いたのは、まだ改稿作業の途中でした。ラフの時点でものすごく綺麗で、こんな素敵な表紙絵になるのならそれにふさわしい小説にしなければと、少々プレッシャーを感じながらの作業になりました。完成した表紙絵は言葉にならないほど綺麗で、本当に感謝しています。

最後に、まだ完結していなかったにもかかわらず書籍化のお誘いをしてくれたツギクルブックス様、完成まで一緒に頑張ってくれた担当様、ありがとうございました。2巻もよろしくお願いいたします。

1巻がハッピーエンドで終わらず、続きを待たせてしまうことになりますが、2巻でまた読者様たちとお会いできたらうれしいです。

gacchi

次世代型コンテンツポータルサイト

ツギクル https://www.tugikuru.jp/

「ツギクル」はWeb発クリエイターの活躍が珍しくなくなった流れを背景に、作家などを目指すクリエイターに最新のIT技術による環境を提供し、Web上での創作活動を支援するサービスです。

作品を投稿あるいは登録することで、アクセス数などの人気指標がランキングで表示されるほか、作品の構成要素、特徴、類似作品情報、文章の読みやすさなど、AIを活用した作品分析を行うことができます。

今後も登録作品からの書籍化を行っていく予定です。

ツギクルAI分析結果

「あなたたちのことなんて知らない」のジャンル構成は、ファンタジーに続いて、恋愛、歴史・時代、SF、ミステリー、ホラー、現代文学、青春の順番に要素が多い結果となりました。

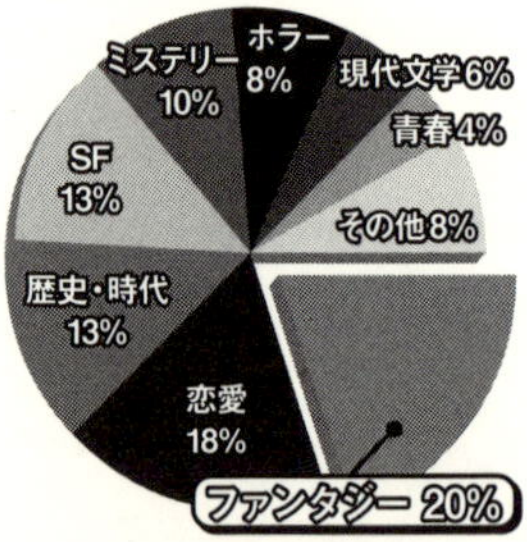

期間限定SS配信

「あなたたちのことなんて知らない」

右記のQRコードを読み込むと、「あなたたちのことなんて知らない」のスペシャルストーリーを楽しむことができます。ぜひアクセスしてください。

キャンペーン期間は2025年9月10日までとなっております。

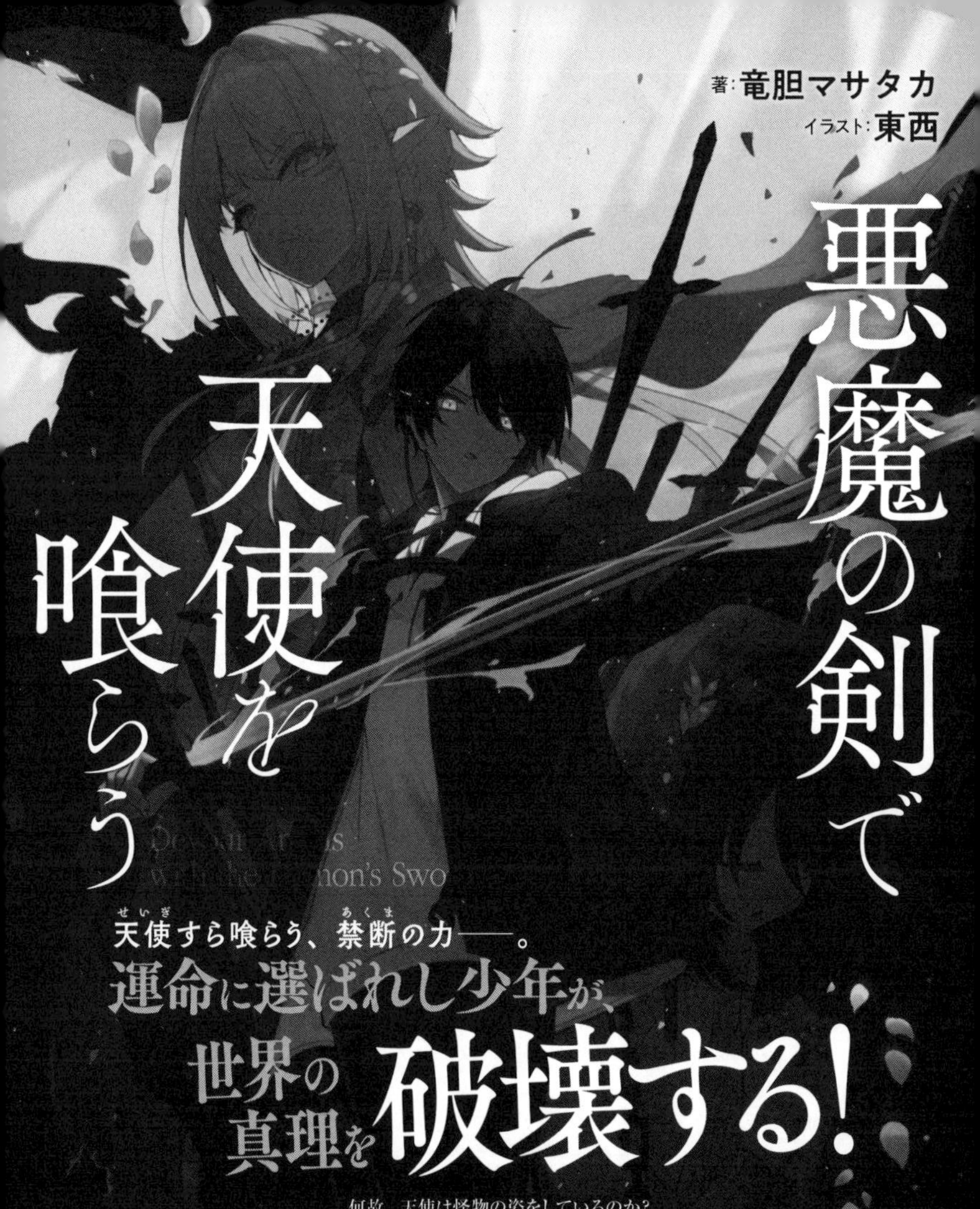

著：竜胆マサタカ
イラスト：東西

悪魔の剣で天使を喰らう

天使《せいぎ》すら喰らう、禁断《あくま》の力――。
運命に選ばれし少年が、
世界の真理を破壊する！

何故、天使は怪物の姿をしているのか？

カーマン・ラインすら遥か突き抜けた巨塔――『天獄』と名付けられたダンジョンが存在する現代。
悪魔のチカラを宿す剣、すなわち『魔剣』を手にすることで、己の腕っぷし頼みに身を立てられるようになった時代。
若者の多くが『魔剣士』に憧れる中、特に興味も抱かず、胡散臭い雇い主の元で日々アルバイトに励んでいた胡蝶ジンヤ。けれど皮肉にも、そんな彼はある日偶然魔剣を手に入れ、魔剣士の一人となる。天獄の怪物たちを倒し、そのチカラを奪い取り、魔剣と自分自身を高めて行くジンヤ。そうするうち、彼は少しずつ知って行くことになる。
己が魔剣の異質さと――怪物たちが、天使の名を冠する理由を。

定価1,430円（本体1,300円＋税10%）　ISBN978-4-8156-3143-7

ツギクルブックス
https://books.tugikuru.jp/

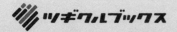

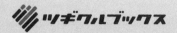

時を戻った私は別の人生を歩みたい
著：まるねこ
イラスト：鳥飼やすゆき
二度目は自分の意思で生きていきます！
王太子様、第二の人生を
邪魔しないで
コミカライズ
企画
進行中！

2025年5月、
最新19巻
発売予定！
もふもふを
知らなかったら
人生の半分は無駄
にしていた
1~18
著／ひつじのはね
イラスト／戸部淑
冒険あり、癒しあり、笑いあり、涙あり
もふもふたちに囲まれた
異世界スローライフ！
魂の修復のために異世界に転生したユータ。異世界で再スタートすると、
ユータの素直で可愛らしい様子に周りの大人たちはメロメロ。おまけに妖精たちがやってきて、
魔法を教えてもらえることに。いろんなチートを身につけて、目指せ最強への道？？
いえいえ、目指すはもふもふたちと過ごす、穏やかで厳しい田舎ライフです！
転生少年ともふもふが織りなす
異世界ファンタジー、開幕！
1巻：定価1,320円（本体1,200円+税10%）978-4-8156-0334-2
2巻：定価1,320円（本体1,200円+税10%）978-4-8156-0351-9
3巻：定価1,320円（本体1,200円+税10%）978-4-8156-0357-1
4巻：定価1,320円（本体1,200円+税10%）978-4-8156-0584-1
5巻：定価1,320円（本体1,200円+税10%）978-4-8156-0585-8
6巻：定価1,320円（本体1,200円+税10%）978-4-8156-0696-1
7巻：定価1,320円（本体1,200円+税10%）978-4-8156-0845-3
8巻：定価1,320円（本体1,200円+税10%）978-4-8156-0864-4
9巻：定価1,320円（本体1,200円+税10%）978-4-8156-1065-4
10巻：定価1,320円（本体1,200円+税10%）978-4-8156-1066-1
11巻：定価1,320円（本体1,200円+税10%）978-4-8156-1570-3
12巻：定価1,320円（本体1,200円+税10%）978-4-8156-1571-0
13巻：定価1,320円（本体1,200円+税10%）978-4-8156-1819-3
14巻：定価1,320円（本体1,200円+税10%）978-4-8156-1985-5
15巻：定価1,320円（本体1,200円+税10%）978-4-8156-2269-5
16巻：定価1,320円（本体1,200円+税10%）978-4-8156-2270-1
17巻：定価1,540円（本体1,400円+税10%）978-4-8156-2785-0
18巻：定価1,430円（本体1,300円+税10%）978-4-8156-3086-7
ツギクルブックス
https://books.tugikuru.jp/

ユーリ ~魔法に夢見る
小さな錬金術師の物語~
著:佐伯凪 イラスト:柴崎ありすけ
ユーリの可愛らしさにほっこり 努力と頑張りにほろり！
小さな錬金術師が
異世界の常識を
ぶっ壊す!?
コミカライズ
企画
進行中！

ダンジョンのお掃除屋さん
~うちのスライムが無双しすぎ!?
いや、ゴミを食べてるだけなんですけど?~
著:藤村
イラスト:紺藤ココン
ぷよぷよスライムと
ダンジョン大掃除!
ゴミを食べてただけなのに、いつの間にか
注目の的!?

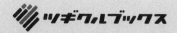

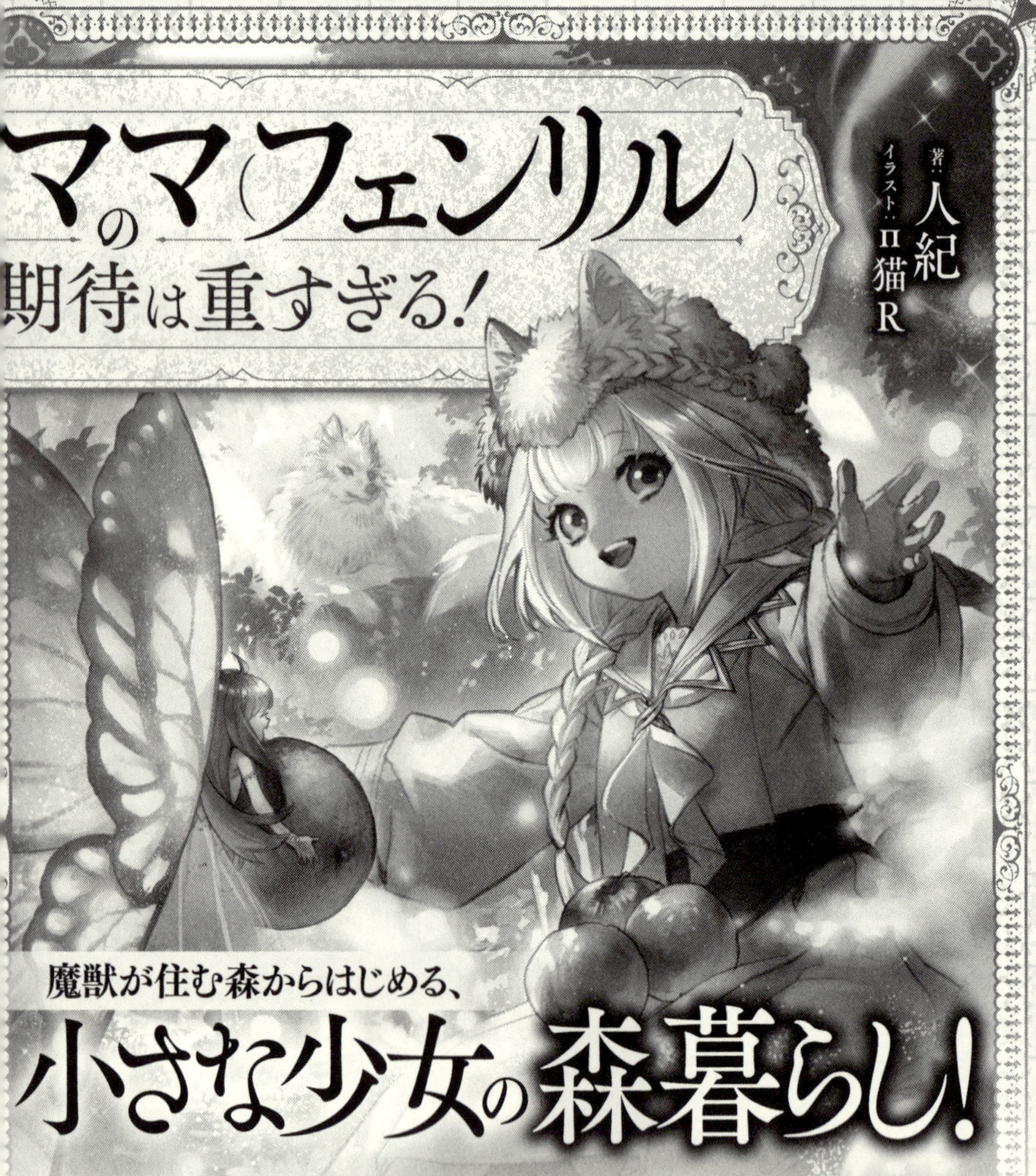
ママ(フェンリル)の期待は重すぎる!
著:人紀
イラスト:π猫R
魔獣が住む森からはじめる、
小さな少女の森暮らし!

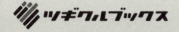

二人キャンプしたら
異世界に転移した話
著 トロ猫
イラスト むに
1~6
異世界のソロキャンプって
本当に大変!
双葉社で
コミカライズ決定!

公爵夫人に相応しくないと離縁された私の話。
池中織奈
イラスト RAHWIA
私の武器は、
知識と魔力
王国で、私の存在を証明してみせます
クレヴァーナは公爵家の次女であった。
ただし家族からは疎まれ、十八歳の時に嫁いだ先でも上手くいかなかった。
嵌められた結果、離縁され彼女は隣国へと飛び立つことにした。
隣国の図書館で働き始めるクレヴァーナ。そこでは思いがけない出会いもあって――。
これは離縁されてから始まる、一人の女性の第二の人生の物語。
定価1,430円（本体1,300円＋税10%）　ISBN978-4-8156-2965-6

悪役令嬢に転生した母は
子育て改革をいたします
~結婚はうんざりなので王太子殿下は聖女様に差し上げますね~
Tubling
イラスト ノズ
前世の子育てスキルで
「かわいい子ども」たちを守ります！
目指せ！ 自由気ままな
異世界子育てライフ

ダンジョンキャンパーズ
～世界で唯一、冥層を征く男は配信で晒された～
著：蒼見雛
イラスト：Aito
一人隠れて探索していたのに、うっかり身バレ！
ダンジョン最奥でキャンプする謎の男、現る！
異端の冒険者、世界に混乱を配信する！
コミカライズ企画進行中！
冥層。それは、攻略不可能とされたダンジョン最奥の階層。強力なモンスターだけでなく、人の生存を許さない理不尽な環境が長らく冒険者の攻略を阻んできた。
ダンジョン下層を探索していた配信者南玲は、運悪くモンスターによって冥層に飛ばされ遭難。絶望の中森を彷徨っていたところ、誰もいないはずの冥層でログハウスとそこでキャンプをしていた青年白木湊に出会う。
これは、特殊な環境に適応する術を身に着けた異端のダンジョンキャンパーと最強の舞姫が世界に配信する、未知と興奮の物語である。
定価1,430円（本体1,300円＋税10％）　978-4-8156-2808-6
ツギクルブックス
https://books.tugikuru.jp/

田舎町でのスローライフを夢見てお金をため、「いざスローライフをするぞ」と引越しをしていた道中で崖崩れに遭遇して事故死。しかし、その魂を拾い上げて自分の世界へ転生を持ち掛ける神様と出会う。ただ健やかに生きていくだけでよいということで、「今度こそスローライフをするぞ」と誓い、辺境伯の息子としての新たな人生が始まった。自分の意志では動けない赤ん坊から意識があることに驚愕しつつも、魔力操作の練習をしていると――
これは優しい家族に見守られながら、とんでもないスピードで成長していく辺境伯子息の物語。

定価1,430円（本体1,300円＋税10%）　ISBN978-4-8156-2783-6

ツギクルブックス

愛読者アンケートに回答してカバーイラストをダウンロード！


愛読者アンケートや本書に関するご意見、gacchi先生、匈歌ハトリ先生へのファンレターは、下記のURLまたは右のQRコードよりアクセスしてください。

アンケートにご回答いただくとカバーイラストの画像データがダウンロードできますので、壁紙などでご使用ください。

https://books.tugikuru.jp/q/202503/anatatachinokoto.html

本書は、「小説家になろう」（https://syosetu.com/）に掲載された作品を加筆・改稿のうえ書籍化したものです。

あなたたちのことなんて知《し》らない

2025年3月25日　初版第1刷発行

著者　gacchi《ガッチ》

発行人　宇草 亮
発行所　ツギクル株式会社
〒105-0001　東京都港区虎ノ門2-2-1
発売元　SBクリエイティブ株式会社
〒105-0001　東京都港区虎ノ門2-2-1

イラスト　匈歌ハトリ
装丁　株式会社エストール

印刷・製本　中央精版印刷株式会社

ISBN978-4-8156-3325-7
Printed in Japan